我家的"人世间"故事

中共中央宣传部『学习强国』学习平台 编

天地出版社 | TIANDI PRESS

CONTENTS 目录

第一章 丹心为家国

我一家四代人的兵工情缘 / 003

外婆那双龟裂的手 / 008

东北人在成都 / 011

母亲的泡菜坛 / 015

爱与不舍 / 018

我家有个"金牌" / 020

一枚纪念章里的家国情怀 / 022

海峡浅浅 期盼回归 / 025

纯洁官兵爱 无瑕战友情 / 027

两枚纪念章 / 031

第二章　时代大变迁

我的爷爷和十八个红手印 / 037

枇杷香飘千万家 / 041

撑花儿 洋马儿 个个糖 / 044

我的回家路 / 048

在希望的路上 / 051

一盏煤油灯下的变迁 / 053

建房记 / 056

岁岁芦花飞 / 059

故乡的路和桥 / 063

"远去"的收音机 / 066

乡村的露天电影 / 069

门外的景，诉说吾辈的情 / 072

老屋新亭 / 075

第三章 真情暖人心

半个世纪的"光明"恋 / 081

我和我的东乡族大哥 / 085

外婆的鸡蛋 / 088

永远的家织布 / 091

载满父爱的自行车 / 094

一碗别有味道的冰凉粉 / 097

四合院的记忆 / 100

梦回"大杂院" / 103

母亲的后背 / 105

暖心烤地瓜 / 108

虹桥下的邻里情 / 110

屋基 / 114

罗衣飘飘 / 116

"不务正业"的父亲 / 119

"松痴"邻居 / 122

我眼中的川藏线父子兵 / 126

小泥炉 / 129

流淌着爱的小店 / 131

毡筒靴 / 134

"宝书箱"的故事 / 137

编草席 / 141

父亲与酒 / 144

父亲的毛巾 / 147

第四章 月是故乡圆

故乡的凤凰山路 / 153

老屋的味道 / 158

记忆中的蒸米粑 / 160

小山村的美好记忆 / 164

青石板上的下河塘 / 168

人间烟火处 最抚凡人心 / 172

老家的杨梅树 / 174

槐花的味道 / 177

铜罐饭香 / 179

尤爱下雨天 / 182

姥姥家的小院 / 185

石头厝的记忆 / 188

"人间佳肴"解乡愁 / 191

家门口小路上的送别 / 194

裹满母爱的端午 / 196

第五章 家风韵绵长

薪火相传"海关情" / 201

书香一缕馨家风 / 204

父亲的信用 / 207

祖孙三代人 一脉政法情 / 210

"鸭子锁儿"里的家风 / 213

传承家书的力量 / 216

茶缘情深 / 220

母亲的收音机 / 222

两粒山楂 / 225

我最爱的一件"传家宝" / 227

藏在木门里的家风 / 231

传承下的梨园世家 / 234

一件中国红球衣的传承 / 237

读书传家的故事 / 240

藏在缝纫机中的家风 / 245

爷爷的识字经 / 248

第六章 时光任蹁跹

父亲的剪报本 / 253

老家的电话机 / 256

百看不厌《西游记》 / 258

父亲的木旋车 / 261

扁担与烟斗 / 265

远去的那碗阳春面 / 269

我与连环画的故事 / 273

夏日纳凉 / 276

永远的全家福 / 279

奶奶腰间的竹箩筐 / 283

一条棉花被 / 285

父亲的《新华字典》 / 288

母亲的花样书包 / 292

一张老照片 / 294

外婆的藤箱 / 298

灯光 / 302

母亲和她的缝纫机 / 305

母亲的老花床 / 308

记忆里的豆油面灯 / 311

一个布钱包 / 314

凤去台空爱长存 / 316

那盏温暖的煤油灯 / 319

春日杂忆 / 322

第一章

丹心为家国

DANXIN WEI JIAGUO

我一家四代人的兵工情缘

（郭新燕）

包头，名副其实的"军工城"，也是内蒙古北方重工业集团（原447厂）的创始地，可以说缘分使然，也可以说命中注定，我与兵工事业有着割舍不断的情缘。

我从小就听着厂里的故事长大。"浩浩荡荡"的"自行车大军"、人们身上的"兵工蓝"……这些都是我成长中最深刻的记忆。

在这里，有和我血脉相连的四代人。想到这里我就有了动笔记录的冲动。我们一家四代人的背后，其实是"人民兵工精神"。

第一代人：艰苦的创业岁月

祖父郝继堂是第一代兵工人。北重集团建厂初期，祖父带领十几个人组成选址勘测队在内蒙古包头青山区一片沙漠上开始工作。当时厂里一无所有，一切从头开始，人员也都来自四面八方，各项工作都要从头干起，谁都没有地质勘探和选厂址的工作经验，只有摸索着干。

当时包头正值严冬季节，风雪交加。他们每天步行到野外看地形、地貌，一天往往得走四五十里路。勘测队沿途观测，在野外工作吃住都是问题，天黑了就分散寄宿在老乡家里，每天都是酸捞饭、土豆和腌咸

我家的"人世间"故事

选址勘测队在外勘测地貌（来源/北重集团）

菜，也只能吃个半饱。他们有时一直工作到天黑，互相看不见就用手电联系，晚上还要在麻油灯下整理资料。就这样，一年多的时间里，他们总共收集原始资料159份、描绘地图441份，初步完成了区域性的厂址选择工作。

小时候，总听祖父郝继堂念叨这些事儿，直到我也进了企业，才明白为什么老一辈兵工人讲述这些故事时眼里常含着泪水，因为他们对这里有着深沉的爱。

第二代人：亲证共和国火炮事业

后来，我的父母继承祖父的遗志，成了我们家第二代兵工人。他们扎根边疆，为国家国防事业奉献了青春和热血。那时候，干事业讲究的是传承，一代接一代，老一辈退休了，小一辈接着干。真是应了那句话"献了青春献终身，献了终身献子孙"。

| 第一章 | 丹心为家国

早期北重集团厂房生产现场（来源 / 北重集团）

集团工厂刚投产不久，父亲就进了厂，他每天都会提前半个小时到岗，扫地、擦机床、给师傅们打水，做着生产前的准备工作。尽管当时父亲的工资很低，但养活一家老小还是没有问题的。

父母的工作都是在一线。父亲在液压机械厂，那会儿人们都叫它"四分厂"。后来，父亲当了车间主任。而母亲到退休都是一线工人，甚至当时在一起工作的很多同事都不知道她的父亲就是总厂副厂长。

"我们也是为国防事业发展尽过一份力的。"时隔多年，回忆起在厂里的时光，他们仍十分自豪。

作为我们家族里的第二代兵工人，我的父母一直兢兢业业在岗位上工作到退休。

第三代人：兵工精神薪火相传

寒来暑往，岁月悠悠。父母退休多年后，大学毕业后的我义无反顾地进入了父母工作过的地方——北重集团，成为一名兵工人，也成为我们家里第三代兵工人。

我的哥哥姐姐也同样是兵工人。他们中，有人从事会计工作，有人从事检验工作，有人在数控岗位上默默奉献，还有人担任驻村"第一书记"，用兵工精神助力乡村振兴。而我在2013年的时候走进总部职能部门，开始了新闻宣传工作。

记得刚上班的时候，师傅告诉我："记者脚下的泥土有多厚，新闻的深度就有多深。企业宣传员就是要走出办公室，深入鲜活的基层一线，近距离了解真实情况，在实践中获得真知、真感。"在师傅们的带领下，经过几年的摸爬滚打，我感觉自己慢慢"上道了"。

如今的北重集团（摄影/远蓬）

第四代：扑下身子干好工作

我们家第四代兵工人赶上了公司发展的大好时期。正是在这一时期，公司完成了深化改革、扭亏脱困，用逆风飞扬的姿态给中国兵器工业企业的转型升级打造了一个"典型模式"，创造了行业奇迹。我的侄女在公司从事会计工作，她用心算好每一笔账，坚守热爱的工作岗位，扑下身子扎实干好工作，得到了大家的一致认可。

如今，父辈们依旧称自己是兵工人，依然在不同的场合惯用公司代号——447厂。那三个数字，是一代代兵工人对这份事业的眷恋。随着时间的推移，我渐渐意识到，那是他们的自豪与骄傲。

我们一家四代兵工人的故事还在延续。在北重集团还有很多这样的兵工家庭，用奉献弘扬着人民兵工精神、用行动传承着"把一切献给党"的红色基因。我相信，兵工人的故事会一代一代地流传下去……

（作者单位：内蒙古北方重工业集团有限公司）

外婆那双龟裂的手

（王思瑞）

外婆是参与建设祖国大西北、屯垦戍边来到新疆的。闲暇时，她常常同我说起那些艰难的日子。时光飞逝，如今的新疆和谐稳定，人民团结幸福，生活越来越好。

每当我看到外婆那双布满皱纹的手时，我总会感慨岁月的洪流卷走了外婆的青春年华。

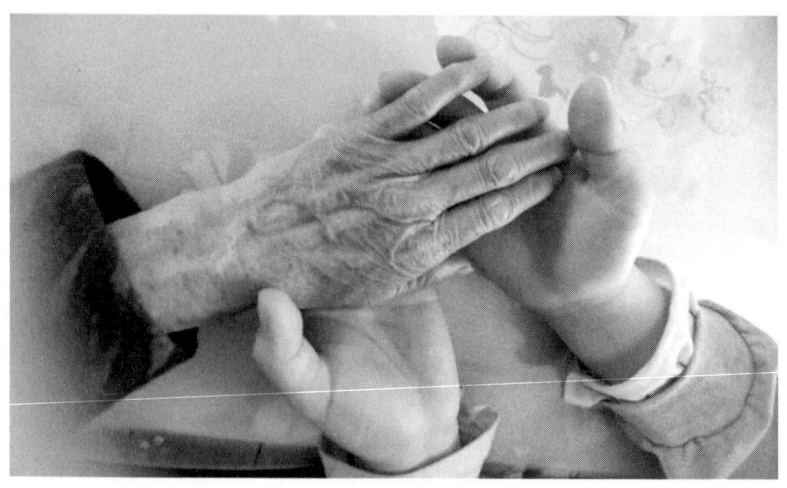

作者外婆布满皱纹的手

外婆从十来岁就开始帮家里干活。那时候,她春天帮着大人在地里插秧,夏天要忙着割地里的杂草,秋天谷子成熟了再去打谷子……"人牛力俱尽,东方殊未明。"外婆的手大概就是从那时候慢慢变粗糙的吧!

20世纪60年代初,年轻能干的外婆,从家乡来到了新疆。那时候的新疆条件艰苦,环境恶劣,到处是风沙,她住的是地窝子。但是,许许多多和外婆一样来新疆屯垦戍边的青年,不仅没有退缩,反而劲头十足地投入边疆建设中。他们植树造林,开渠垦田,修路盖房,开煤矿,建工厂,把荒漠变成了绿洲,把戈壁建成了美丽富饶的家园。

外婆说,当时她被分去挖煤,因为技术落后,人们都是半卧着挖煤。有一次,外婆和工友遭遇了矿难,她被及时救出后休息了一段时间,伤好之后又重新投入工作中。挖水泥、搬砖块这样的重活她都干

作者和外婆的合影

过。外婆自豪地对我说："他们都说我干活仔细、认真，把活交给我很放心呢！"我无法想象，外婆是怎样用瘦弱的肩膀扛起一个又一个重担，但她总是笑着说："虽然日子难熬，但风雨总会过去。"

暖阳终于到来，日子越过越好。与外婆散步时，我总能听见外婆感慨："现在你们遇上了好时代，生活多幸福啊！"

是啊！正是因为有了如外婆一样的军垦前辈们的辛勤劳动和付出，才有了我们今天的幸福生活。

时代在进步，生活在变好。可是外婆的手，再也回不到最初细腻光滑的样子了。

当我最近一次握住外婆那龟裂的手时，我顿悟：在机遇和挑战并存的今天，老一辈屯垦戍边的精神需要我们薪火相传，让我们接续奋斗，共同实现中华民族伟大复兴的中国梦。

（作者系新疆生产建设兵团第十师北屯中学七年级五班学生；

指导老师：宋艳青）

东北人在成都
（林千惠）

在四川成都生活二十载有余，我最熟悉的一条路是双桥路，好像我们家所有的故事都是从这里开始的。

初到成都 青春献未来

1958年，为了支援三线建设，我姥爷只身一人从辽宁沈阳来到了成都。出发前，家里人一直不赞同姥爷的决定："在沈阳多好啊，跑去四川，又受苦又受累。"那时风华正茂的姥爷心里想的却是哪里艰苦哪儿安家。为了祖国的航空航天事业，为了成都的建设，姥爷踏上了前往大西南的火车。从辽宁沈阳到四川成都，足足有2400多公里，姥爷辗转了好几趟火车才到四川。

到了成都，姥爷就立刻投入建厂工作中去了。"说是建厂，但我们做的第一件事是修路。那时候厂里组织了一支大概四五百人的修路大队，大家肩扛手抬，填土打夯，修出了一条路。"这条路，就是双桥路。虽然苦战了好几个月才修出这一条路，可这条路的路况并不乐观，尤其是一到下雨天，整个路面泥泞难行。即使是这样，姥爷仍然在这条路上深一脚浅一脚地走了近3年。

我家的"人世间"故事

作者姥爷家所在社区的墙上新添了壁画，姥爷说这就是他当年的真实写照

扎根成都 时光存温情

厂子初步建成后，姥爷回了一趟沈阳，在沈阳和我姥姥结了婚，把姥姥也接来了成都。跟随姥姥一起来的还有很多成套的家居用品和东北的生活方式。姥姥来到成都之后，为了腌酸菜还专门买了一个大缸。每年到立冬时，姥姥会将白菜摆整齐放入酸菜缸，等40多天之后再捞出来，这时家里人就围坐在一起，等着姥姥的酸菜汤上桌。酸菜汤喝腻了，姥姥就改做酸菜饺子、炒酸菜。除了酸菜，姥姥还特别喜欢做面食，包子、花卷、韭菜合子，还有极具东北特色的面疙瘩……我们家吃面食的习惯从那会儿就保留了下来。

姥姥说，刚到成都，最难的是听懂四川话。有一天，姥姥见一个男孩在小河沟里十分着急地寻找着什么："糟了糟了，我把我老汉儿的'孩子'弄到河头了！"我姥姥听得一头雾水，老汉儿是啥？是有小孩儿掉进河沟里了？姥姥看男孩着急，自己也跟着着急，挽起裤脚就下河沟去帮忙，没一会儿那男孩喜笑颜开地捞出一双鞋。从那以后，姥姥才

012

第一章 丹心为家国

作者姥爷在成都有了自己的小家

知道,四川人管爸爸叫"老汉儿",管鞋子叫"孩子"。

每次说起这件事,姥姥都会笑老半天,那之后姥姥慢慢学会了不少四川话。很快,姥姥姥爷的第一个孩子在成都出生了。过了几年,我妈出生了,再后来,我三姨小姨也出生了。姥爷也从单身宿舍搬进了新家,一个人变成了六口之家。那会儿生活并不富裕,姥姥姥爷俩人工资加起来才60块钱不到,虽然日子过得紧巴巴的,但姥姥姥爷一直没觉得苦:"四姐妹总是叽叽喳喳说个不停,让人觉得又头疼又幸福。"

恋恋成都 夕阳无限好

1978年,姥爷的工作发生了变动,从车间到了厂技工学校,当起了政治老师兼班主任。姥爷在讲台上这一站就是17年,直到退休,才恋恋不舍地离开了校园。

姥爷退休后，就当起了我的"全职姥爷"，每天送我上下学，看着我戴红领巾，再看着我加入共青团。姥爷将他很大一部分退休时间都留给了我这一辈的小孩。小孩长大了，要独自去闯荡世界时，姥爷忽然又空闲了下来。早些年一直没学会的四川麻将，现在成了姥爷最大的兴趣爱好。除了打麻将，姥爷还酷爱坐公交车，他经常搭着公交车逛遍成都的大街小巷，吃吃担担面，尝尝赖汤圆，再点一份钟水饺带回家。姥爷说，成都真是一年一变，有时自己也想不起它原来的模样了。

　　姥爷说，四川是三线工厂较集中的省份之一，当年随三线工厂入川的工人、技术人员等大概有40万，这里就包括了工厂的上万职工和他们的家属。工厂作为三线建设的主力军之一，不仅奠定了成都的工业基础，同时也为祖国的航空事业和国防建设作出了重大贡献。

　　随着时间的推移，不少和姥爷一同从东北来的三线建设者们陆续搬离了工厂宿舍区，分散到了成都的各地。这一代新中国成立以后来到四川的东北人，就这样慢慢褪去年少的青涩，成为新一批的四川人。

　　"我从来没有后悔过自己当初的决定，我根在东北，家在成都。"

（作者单位：四川省成都市石室中学青龙校区）

母亲的泡菜坛

（生龙）

我家有个泡菜坛，那是陪伴我母亲40多年的老物件了。

在我小的时候，每年春夏之交，母亲都会翻出这个泡菜坛，擦拭

在作者母亲的精心呵护下，泡菜坛依然如新

干净后，再将准备好的白萝卜、胡萝卜、卷心菜等，辅以小米辣、姜、蒜、盐、醋等调味品放于坛内，在坛中注入清水，盖上坛盖后加水隔绝空气，摆在阴凉处静待发酵。大概10天后，当坛盖被打开时，扑鼻而来的是一股酸爽的气味，一坛口感丰富的四川泡菜就算大功告成了。酸脆爽口的泡菜在那个物资不算丰富的年代已是美味了。作为地道东北人的母亲为何能做出一手好的四川泡菜呢？这和她年轻时的一段经历有关。

1975年，母亲应征入伍，但她最终未能如愿留在家乡当兵，而被驻京部队选中到了北京。能去北京当兵，按理说应该感到幸运，可母亲对这个结果反而有些失落，她和当时大多数年轻人一样，认为越艰苦的地方才越需要年轻人顶上。于是在参军的第二年，当部队要派人支援"三线"建设时，她和战友们主动递交了请战书并幸运地获得批准，来到了四川山区。

初到四川还没来得及适应当地环境，母亲和战友们就投身到热火朝天的建设中了。每天高强度劳动、水土不服加之副食品匮乏，许多人食欲不振、精神困顿。一次偶然的机会，母亲尝到了当地人做的泡菜，立马感觉食欲与精神大振，疲劳感顿减。她如获至宝，马上托人买了这个泡菜坛，并向当地人请教泡菜制作方法，经过数次尝试终于掌握了要领。后来，每当母亲所在连队开饭时，战友们总要争先恐后地从这个坛子中夹出泡菜就着粗粮吃。再往后，泡菜坛成了每个连队必备的物品，陪伴这群年轻战士度过了"三线"建设的日日夜夜。

在我小时候，母亲一说起她学做泡菜的往事，总会得意地说："可别小瞧这个泡菜坛，毫不夸张地讲，它为保障我们的战斗力可是出了大力了。"从母亲喜悦的表情中，我丝毫感觉不到母亲那些年支援建设的艰苦。母亲这样的革命乐观主义精神引人深思，催人奋进。

|第一章|丹心为家国

作者的母亲（右三）和战友合影

这个泡菜坛伴我度过了童年时光，在生活物资变得愈加富足的今天，泡菜坛已然成了一种记忆与情怀，深藏在内心深处。每次搬家，母亲都坚持要带上它，并会在新家为它找一个稳妥的地方。

这个小小的泡菜坛啊，承载了母亲那一代人对献身祖国建设事业的担当，对战胜一切困难的乐观以及对未来美好生活的向往。如今，这些都化成一股无形的力量，推动着我们向着中华民族伟大复兴的美好明天接续奋斗！

【作者单位：中国石油大学（北京）克拉玛依校区】

爱与不舍

（张潇）

我的家乡在山东莱州，那是一座安逸舒适的海滨小城。我家有父母姐弟四人，一家人过着温馨幸福的生活。

"童年的一天一天，温暖而迟缓，正像老棉鞋里面，粉红绒里子上晒着的阳光。"20世纪90年代，物质生活还没有现在丰富，也正因如此，许许多多的童年回忆，都是因那句"不舍得"而弥足珍贵。

那时候我们姐弟俩常背着父母买吃的——去小卖部，去汉堡店，跑腿的活向来是比我小几岁的弟弟康康去做。他买回来的东西一定会是双份的。

离家多年，萦绕耳边的是那句"不舍得"。浓浓的乡音，有最简单的爱与关怀，还有思念与牵挂。如今，我们姐弟都长大了，许是小时候留下的习惯，只要在我归家的日子里，康康必要给我带回来薯条、汉堡、酸奶、牛肉干等，还要邀功似的加上："我这都好久不吃这些小零食了。这酸奶，品质超棒，平时我自己都不舍得买！"这句"不舍得"，让我想起小时候吃糖葫芦时，一开始我们争着抢着吃，剩最后一颗山楂球了，我们反倒不舍得吃了。

其实，还有一句"不舍得"我从未听过，却一直知道：那是久处异乡的我，离家时，从家人那殷切的目光、无措的脚步、慌张的忙乱中读到的。父母对孩子的爱是无私而伟大的，质朴的表达饱含润物无声的亲情。千百年来，多少家庭凝聚了这份平凡而温暖的亲情。

"独在异乡为异客，每逢佳节倍思亲。"我们背井离乡后才能对家庭的意义有更深刻的理解。

家是最小国，国是千万家。作为基层教育工作者，我深感责任重大。教育兴则国家兴，教育强则国家强。十年树木，百年树人，孩子们清澈的眼神是我的动力之源。为帮助孩子们扣好人生的第一粒扣子，我要坚持以树人为核心、以立德为根本的教育理念，为党育人、为国育才，为实现中华民族伟大复兴贡献自己的力量。

（作者单位：辽宁省大连软件园双语学校）

我家有个"金牌"

（张天泽）

我家有个"金牌"，逢年过节的时候，95岁高龄的太爷爷总是小心翼翼地拿出来，擦了又擦。我很好奇，每次都想拿来玩玩，但是爸爸妈妈从不允许。太爷爷摸着我的头说："等你长大了，有本领了，能为祖国贡献力量的时候，才能拿得动它。"

转眼我已经上小学了，光荣地成了一名少先队员。当我戴上鲜艳的红领巾，告诉太爷爷，红领巾是红旗的一角时，太爷爷又把他的宝贝"金牌"拿了出来。这次，我认出了上面的字：光荣人家！一时间，我的好奇心又被勾了起来，缠着太爷爷给我讲讲"金牌"的故事，这让太爷爷的思绪回到了他的小时候……

1937年，山东济南章丘沦陷。国难当头，民族存亡之际，太爷爷的父亲张聘三与当地的70名爱国人士成立了"章丘第一支抗日武装队伍"，并担任司务长一职。太爷爷的记忆里很少见到他的父亲，时局混乱，生存条件非常艰苦，但是大家都不害怕，纷纷加入战争中来。

回忆到此，太爷爷说累了，又开始抚摸着"金牌"自言自语，有些话听不太清楚，看着太爷爷望向远方的眼神，我猜，那一定是对亲人的

| 第一章 | 丹心为家国

光荣人家称号和作者太爷爷的父亲的革命烈士证明书

怀念。

  周末的时候,爸爸经常会带我回老家。爸爸说,现在咱们的国家,民族富强,国泰民安,但我们必须知道,也一定不能忘记,现在的幸福生活来之不易,是无数革命先烈用生命与鲜血换来的。

  听了太爷爷讲的故事,我在网上搜到了太爷爷父亲的资料,他叫张延鑫,曾在山东济南当过教书先生,于1938年参加革命。

  我终于知道了"金牌"的故事,它是太爷爷的父亲和姐姐参加革命的见证,是无数革命先烈为了我们幸福生活奋斗的见证。沉甸甸的它是名副其实的"金牌",是我们家的"传家宝"。少年强则国强!我一定要沿着革命先烈的足迹,好好学习,长大了为祖国贡献自己的力量!

(作者系山东省济南市章丘区第二实验小学学生)

一枚纪念章里的家国情怀

(张志昌)

前些日子收拾屋子,我又看到了这枚用牛皮纸包裹着的抗美援朝纪念章,正面是和平鸽图案和"和平万岁"4个大字。我端详着这枚纪念章,思绪一下子就回到了7年前的冬天。

作者外公的纪念章

那时，我刚考入新疆乌鲁木齐铁路公安局，集训完第一次休假回家，近90岁高龄的外公格外高兴。得知我因为射击成绩不理想有些沮丧时，外公说："这个不难啊，你不要气馁，凡事讲究循序渐进，沉下心，沉住气。"从射击要领到正确姿势，外公拿着他的木拐棍给我逐一示范，竟然讲了一个多小时。外公讲得很吃力，也讲得很详细，恨不得将他所有的经验统统传授给我。外公从墙上的玻璃相框里小心翼翼地取出这枚抗美援朝纪念章交给我，"拿着！你不是一直想要这枚纪念章吗？我把它送给你。你争取获得更多的军功章。"我几乎不敢相信，这枚纪念章可是外公珍藏了半辈子的宝贝啊，多少次我看见他默默凝视，而多少次我嚷嚷着拿下来看看，他都不允许。以前，我只觉得它既神秘又神圣，并不知道它代表的意义。这时候，我明白了外公对我的期许与鼓励。

外公是一名参加过抗美援朝的老兵。儿时，我听过太多外公的英勇事迹：他16岁入伍，21岁当排长，从平津战役到抗美援朝，先后多次立功受奖。回忆起那段光辉的岁月，说起那枚纪念章，他依然思路清晰，句句铿锵。说到牺牲的战友，外公抹了眼泪："娃娃们啊，今天的幸福生活来之不易……"抗美援朝结束后，外公放弃了去东北工作的机会，选择了退伍还乡，但却一直珍藏着那时的军用水壶和军装。

复员后，外公当了村里的民兵队长。即使到了晚年，面对逢年过节当地镇政府"家庭上、经济上有没有什么困难"的关切，外公也总是说："啥困难都没有，好得很！"

2019年10月，当地镇政府工作人员送来了"庆祝中华人民共和国成立70周年"纪念章，手脚早已不利索的外公竟然颤颤巍巍地从轮椅上站了起来，敬了一个标准的军礼，激动得许久说不出话来，只是一个劲儿地抹眼泪。

  而今，我已经在新疆工作了7个年头，每当工作和生活上遇到不顺心的事，我总喜欢摸摸这枚抗美援朝纪念章，感受那段峥嵘岁月，想想外公的乐观与坚强，想想志愿军战士誓死保家卫国的家国情怀和责任担当，一切就都豁然开朗了，也顿时感觉前行的动力满满。紧握这枚纪念章，我想，它将一直激励着我在铁路公安事业上阔步前进。

（作者单位：新疆乌鲁木齐铁路公安局库尔勒公安处）

海峡浅浅 期盼回归

（洪汝玥）

"小时候，乡愁是一枚小小的邮票……"一首《乡愁》勾起了我们全家对台湾二太公一家的思念，往事一幕幕浮现在眼前。我们多么希望他们能回归故里，与我们重聚。

听家人讲，二太公自1948年去了台湾之后，一直杳无音信。1992年秋天的一个下午，我家的电话铃声响起，二太公一家终于联系上了我们。"大姐，您好！"听到远在台湾的亲人的问候，我的太外婆热泪盈眶，双手颤抖地拿着电话，久久不肯放下。一个月后，二太公一家从香港转机，来到了浙江杭州。二太公一进门，就和太外婆时隔半个世纪重新拥抱在了一起，泪流满面。一泓虎跑泉，一壶龙井茶，将跨越海峡的亲情连在了一起。二太公端起热茶，轻轻一抿，不禁感叹："好茶，尽是故乡的味道！"我的家人与台湾亲友唠起了家常，希望今后他们有更多的机会回返故乡杭州。

时间过得飞快，转眼间来到了2012年，电话声又一次响起，二太公一家又要来杭州探亲了。我们一家人一大早就去了杭州萧山国际机场接机。然而，从飞机上下来的只有驼背、满头银发的二太婆和她的子女们。两年前，二太公去世了，临走前还念着"大姐"，念着故乡杭州……听到这里，太外婆哽咽了，泪水顺着面颊流淌，没想到上一次分别竟是永别。

我们一家人带着台湾亲友来到杭州西湖苏堤散步。湖边杨柳拂堤、百花争艳，湖面波光粼粼、莺歌燕舞，是一幅春和日丽的画卷。望着此情此景，二太婆感慨万分，叹息："好景，尽是故乡的回忆！"穿过苏堤，映入眼帘的是万松书院，一曲梁祝千古情，诉尽相思化蝶身，听闻这里诞生了梁祝化蝶的故事，二太婆幸福地哼起了小调。她和我们全家合了影，并亲切地把刚满周岁的我抱在了怀里。她希望以后能跨越海峡常来常往，回归故乡杭州共享天伦之乐。

如今，太外婆已经99岁高龄了，岁月在她的脸上留下了褶皱，时光模糊了她对很多事情的记忆，然而她始终记挂着台湾的二太婆和她的子女们。我想，台湾作为伟大祖国神圣不可分割的一部分，什么时候能够回归祖国母亲的怀抱？

"而现在，乡愁是一湾浅浅的海峡，我在这头，大陆在那头。"我期盼建设一座桥梁，一座横跨台湾海峡的桥梁。通过这座桥梁，台湾能够回归祖国母亲的怀抱，台湾同胞能够回归故里、阖家团圆。希望这一愿望早日实现！

（作者系杭州师范大学第一附属小学501班学生）

纯洁官兵爱 无瑕战友情

(路宝华)

"培养官兵甘苦与共、生死与共的革命情谊，巩固和发展团结、友爱、和谐、纯洁的内部关系。"回首军旅岁月，最难以割舍的，应为深厚的战友情谊。在那里，我得到了部队老首长一家的真诚关爱，是他们帮我系好了军旅成长的第一粒扣子，夯实了人生进步的精神基石。

20世纪90年代初，因家中经济条件差，兼之高考无望，对人生充满迷茫的我，懵懵懂懂地踏入辽东军营。部队生活给了我新的希望，训练期间，我给时任山东省淄博市市长韩新民同志写了一封信，立志在部队建功立业。不久，一篇以《一名淄博籍战士致信市长 韩新民附言语重心长》为题的稿件，在《淄博日报》刊发。样报寄到部队后，引起了团政治处主任王朝晖同志的注意。他特意来到新兵连了解情况，听我说成绩差考不上大学时，他鼓励我说："成才道路千万条，只要肯努力，走对路，照样能干出一番成绩。"

新兵训练结束没多久，王主任就将我调到了团政治处，任新闻报道员兼通讯员。他还安排新闻干事苏彦君同志当我的老师，严格督促我每日练笔，争取早日成为一名合格的军事新闻工作者。刚从连队到机关工

《淄博日报》刊发的信件

作的环境变化，让我有了点骄傲。一次，王主任来检查我的练笔记录，发现数量不够，并且大多字迹潦草。他表情逐渐凝重，严厉地对我说："小路，基础差不是毛病，但不努力是大毛病！再让我见到你同样的毛病，就打起铺盖卷回连队吧。"我的脸阵阵"发烧"，从那以后，苏彦君干事布置的任务，我都认认真真完成。两个月后，军区《前进报》就刊登了我的作品。宽是害，严是爱，细想一下，果真如此。

在首长的严格要求和战友的帮助下，当兵第二年，我已在《解放军报》《前进报》等军内外报刊发表作品30多篇。这时候的我，有点

珍贵的留影，难忘的记忆

"飘"了。有一次机关发展党员，三名战士给两个名额，我想我是首长的通讯员，成绩又突出，肯定是头一个入党。就在我满怀期待的时候，王主任把我叫到办公室，主动说起了这事儿："小路，这次入党你先往后靠靠！"我本以为是好消息，没想到会这样。他似乎看穿了我的内心，和蔼地说："小路，要求上进是好事，但你兼任着我的通讯员，就要委屈一下喽。"怕我想不通，他的妻子——在师机关工作的嫂子也特意开导我："小路，王主任很关心你，人生路还长，一定要跨越利益得失这一关。"最终，俱乐部的两名放映员入了党，但我由衷地为战友们感到高兴。如今，每当面临荣誉之时，我都会想起嫂子的话——一定要跨越利益得失。

严中有爱，爱中含严。在首长的严格教导下，我踏踏实实，努力工作，想干出一番成绩。第三个年头，我凭借军内外刊发上百件作品的优异成绩，光荣地加入了中国共产党，荣立三等功一次，并如愿考入了军校。毕业后，我又回到了老部队，虽然首长已调任其他部队政治委员，

不负教导，努力工作

但他和嫂子一如既往地关心我、鼓励我，并一再告诫我远离不正之风，扎扎实实工作。而我回报他们的，只是我的成长进步。纯洁的官兵爱、无瑕的战友情，至今令我难以忘怀。

良好的官兵关系让人受益一生。转业后，我成为家乡的一名新闻记者，老首长仍然用他的热诚为社会作贡献。他和嫂子不时嘱咐我：肯努力，走对路，照样能干出一番成绩。我牢记首长教导，默默努力，久久为功，在地方工作20多年，年近半百仍奋战在新闻采访一线，有50多件作品先后获奖，并被评为山东省淄博市临淄区第一届"模范退役军人"。从一个农家子弟到一名新闻记者、单位的中层干部，我只是人民军队官兵一致原则的受益者之一。我坚信，纯洁的官兵关系将得到进一步巩固，必将为部队全面提高履行使命任务能力注入新的活力。

（作者单位：山东省淄博市临淄区融媒体中心）

两枚纪念章

（代维利）

　　我家珍藏着两枚相同的纪念章，一枚是父亲的，另一枚是母亲的。那是湖北省慰问团于1999年为湖北籍支疆人员进疆40周年颁发的纪念章，是二老于二十世纪五六十年代积极响应国家"支援边疆 保卫边疆 建设边疆"的号召，在祖国西北边陲亘古荒原战天斗地谱写壮丽人生的见证。

　　当年，父母从鱼米之乡来疆乘坐的火车是临时增开的闷罐车，闷罐车逢车必让，走走停停，还转坐汽车等交通工具，足足走了一个多月。同行的很多人因不适应大漠戈壁夏季炎热、干燥的气候而中暑，母亲也未能幸免。父亲因为水土不服，又染了风寒，到了目的地就进医院了，医生诊断说患了肠胃伤寒，住院治疗了将近一个月才康复出院。

　　父亲在来疆10年后第一次只身回老家探亲，一路先后转乘马车、长途汽车、火车，又一口气步行10多公里，十几天日夜兼程，才回到阔别已久的老家。

　　之后，父母亲先后带着姐姐哥哥和我回过两次老家。我印象最深的就是从家到乌鲁木齐，一路要坐3天长途汽车，沿途的招待所都是低矮、破旧的平房，设施简陋。那时父母亲舍不得花钱买卧铺票，4天3夜的火

纪念章（正面、背面）

车，一直坐在硬座上，坐到腿肿。土生土长在新疆的我，每次回老家身上都会长疮，至今身上还可以看到小时候留下的疮印，成为我对那个时代记忆的一部分。

　　父母亲支边刚来新疆的时候住的是地窝子，过的是集体生活。后来住进了土坯房，虽说有了自己的小家，但连一件像样的家具也没有。床是用柳条编的"台巴子"，能有一个纸箱子当柜子，就相当奢侈了。再后来，父亲开始自己做家具，他做的婴儿的"摇窝"、小方凳等非常精致，大箱子做得方方正正，刚好可以用来装面粉，干净又卫生。

我上小学三年级时，家里不仅有了沙发床、大立柜、八仙桌等大件家具，还有凳子、椅子、碗柜、茶几、床头柜等。

父亲做家具用的工具有锯子、刨子、凿子、斧子等，在当地很难买到。锯子是父亲从连队的大锯班买来锯条自己做的，铁刨子、圆刨子是父亲回老家探亲时带回来的，两把木刨子是父亲自己仿造的。

2000年，在新疆生产建设兵团第十师工程团辛劳了一辈子的父母亲搬进了水、暖、电、卫等设施齐备的楼房，楼房里有现成的壁柜，有些家具用不上了，又大又重，搬起来很麻烦，抬上楼更是困难，于是就不要了。但母亲使用了几十年的蜜蜂牌缝纫机、一件四开门双抽屉带两面镜子的立柜、两张八仙桌和两把沙枣木椅子被保留下来，成了我们一家人的念想。

后来，父亲母亲永远地离开了我们，两枚纪念章还在，他们坚韧不拔、自力更生、艰苦奋斗、默默奉献的精神将永远激励着我们踔厉奋发、笃行不息！

（作者单位：新疆阿勒泰广播电视台）

第二章

SHIDAI DA BIANQIAN

时代大变迁

我的爷爷和十八个红手印

（严妹）

说到我们一家，不得不提我的爷爷，他是我的偶像，也是村里的一位"大英雄"。我从小就常听爷爷说起他与村里十几位爷爷的故事。

我们一家是安徽凤阳小岗村的一户普通农民家庭。1978年，小岗村遭遇了特大旱灾，全村几乎颗粒无收。为了吃饱肚子，许多村民无奈之

作者的爷爷严金昌

下带上孩子，"身背花鼓走四方"，出门讨饭。每每提及当年挨饿受苦的经历，爷爷的眼里都会泛起泪花。看着爷爷伤心叹气，那一幕幕过往历史仿佛映入我的眼帘。

1978年12月的一个冬日，小岗村下了第一场雪，灰蒙蒙的天空被乌云压得很低，寒风呼啸，雪花飞舞。在一间低矮的茅草屋里，一盏小小的油灯忽明忽暗，18位庄稼汉正围在桌前，大家眉头紧锁、心事重重。过了很久，爷爷点起旱烟，有人打破了沉默说："把地分到户，交足国家的粮食，留够集体的，剩下是自己的。"最后大伙共同做了一个决定，在一张皱巴巴的纸片上立下"字据"，按下了18个红手印，搞起大包干。我的爷爷严金昌和我的外公关友申都是那晚搞大包干的18位农民带头人之一。他们没有想过，他们的这一做法，得到党和政府的肯定并在全国推广，在此基础上形成了"家庭联产承包责任制"这一国家基本的农村生产经营制度。当年那张按下18个手印的大包干契约书珍藏在国家博物馆中，成为中国农村改革的标志。

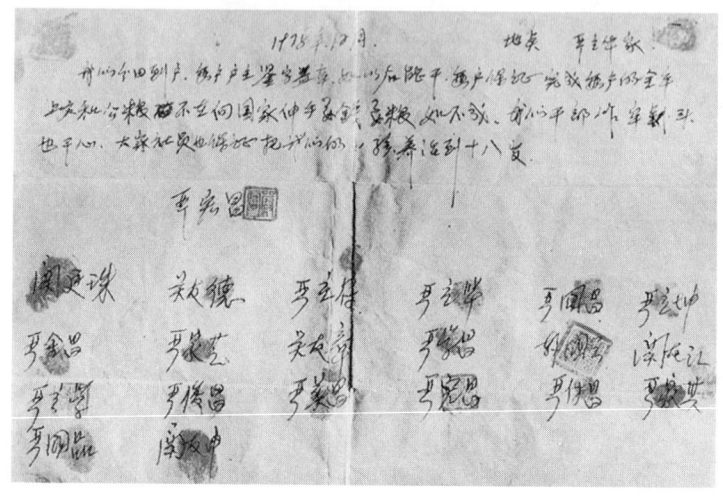

当年小岗村大包干契约书（资料图）

每当说到这里,爷爷总是情绪激昂。回首往事,如今爷爷心里更多的是自豪。

实行大包干的第二年,小岗村获得了大丰收,粮食总产13.3万斤,相当于之前的4倍;归还贷款800元,这是小岗村多年来第一次归还国家贷款;人均收入一下达到400元,是之前的18倍。

后来,小岗村民们这样说:"大包干以前,一愁吃,二愁穿,三愁欠款还不完,四愁儿子成了光棍汉。大包干后,大家吃不愁、穿不愁,又娶媳妇又盖楼。"爷爷随后笑着说,你们这一辈的孩子没吃过那苦,不了解当时的情况,现在我们的美好生活都是党和国家好政策带来的。

听完爷爷的故事后,我想了想确实如此,我今年[①]25岁,从呱呱坠地就在长辈的呵护下过着衣食无忧的生活,直到大学毕业参加工作,在爷爷的熏陶下我做出了人生最重要的一个决定,那就是回家乡工作。就像爷爷经常跟我讲的一句话:"我们对这片土地有太深的感情。"回到小岗村后,我发挥自己的专业特长,成为大包干纪念馆的一名讲解员,在学习和讲解中,更加深刻了解小岗村的历史和发展成就,更加了解了党和国家的"三农"政策,更加了解了改革开放以来中国农村乃至经济社会方方面面发生的翻天覆地的变化,以及小岗村大包干之于中国农村改革的重要意义。

2016年,习近平总书记来到小岗村视察,说了这么一段话:"当年贴着身家性命干的事,变成中国改革的一声惊雷,成为中国改革的标志!"

小岗村探索、改革永不停步。如今的小岗村为了实现更高质量的发展,大力实施乡村振兴战略,建设农业产业园,加大土地流转,发展现

[①] 文章中出现的"今年"等类似表述均指2022年。

今日安徽滁州凤阳小岗村（资料图）

代农业、文化旅游业，推动一、二、三产业融合发展，加快村级集体经济发展和农民增收，从2017年到2021年，为村民进行了五次分红。

伴随着改革发展的脚步，小岗村许多村民开起了"农家乐"，在让全国各地前来观光旅游的朋友品尝到小岗村美食的同时，也大大提高了村民的家庭收入。我的家人还开始做起了电商，在网上销售小岗村的各类农副产品。在党和国家富民政策的关怀、支持下，如今的小岗村越来越漂亮了，村民们富起来了，家家户户都住上了两层小楼、开上了小汽车。

如今，我每天在小岗村向游客自豪地讲述爷爷和外公的故事，讲述小岗村的过去和今天的发展。这就是我家的"人世间"故事，我爱我家，我爱小岗村，我爱我的祖国！

（作者单位：安徽省滁州市凤阳县小岗村大包干纪念馆）

枇杷香飘千万家

（郑玥）

"细雨茸茸湿楝花，南风树树熟枇杷。"山中一树树橘黄的小生命静默着。冬去春来，劳碌了半生的老人们在春和景明的新时代里看着枇杷产业行稳致远，同时享受着发展带来的美好生活。

夕阳下的枇杷林（来源／福建省福州格致中学）

"农月无闲人，倾家事南亩。"人勤春早忙农事，枇杷"穿衣"保品质。我的家乡——福建莆田，是中国枇杷之乡。爷爷为了山上的枇杷树，操劳了大半辈子。初夏的枇杷已经渐渐开始成熟。爷爷头顶烈日，双手包裹在粗糙的手套里，脸上挂着豆大的汗珠，他来不及擦拭，背着装满沉甸甸果实的竹篮，沿着崎岖陡峭的山路走回家去。

由于多年的操劳，爷爷原来乌黑的头发变成了灰白色，脸上留下了一道道深深的皱纹，手背粗糙得像松树皮，裂开了一道道口子。每当饭后小憩的时候，爷爷总会为家人端上一盘枇杷。清甜的枇杷果肉入口，淡淡的甜味沁人心脾。这甜蜜是爷爷通过辛勤劳动，用一滴滴汗水浇灌而来的！

枇杷采摘季再次到来，农业科技的飞速进步不知不觉间改变了人工采摘枇杷的方式。机械采摘大大提高了效率，同时，与保鲜技术的配合，不仅减少了采摘季中果实的损伤和腐烂，更节省了人工成本，为爷爷带来了更高的收入。全自动枇杷套袋机、多功能高空摘果器的使用，让爷爷不用再弯腰收果。之前的劳动工具，被藏进了家中的储物间，麻布手套、剪刀和铁锹逐渐落满灰尘。爷爷辛劳了大半辈子，终于在机械的轰鸣声中走向轻松富足。看着机械快速工作的场景，爷爷那饱经沧桑的脸上绽放出如花的笑容。

在一季又一季的枇杷采摘、售卖中，爷爷换上了新房子，用上了家电，生活水平越来越高。四通八达的公路上，卡车载着枇杷，将贫穷和落后带出了村庄，让原来的贫困村摇身变成了"美丽乡村"，成为莆田乡村振兴的领头羊。

新时代的阳光温暖了华夏大地。从树上垂下的一簇簇诱人的枇杷果，仿佛为枇杷树镀上了一层金。为人们带来富足生活的"黄金果"吸

采摘枇杷（来源 / 福建省福州格致中学）

收着营养越来越高的肥料，享受着越来越好的生长条件，向美好的时代致以歌颂，那是人们对科技进步的肯定、对民生政策的称赞，更是对美好未来的向往和实现中国梦的无限希望。

【作者系福建省福州格致中学高二（12）班学生；

指导老师：陈琳】

撑花儿 洋马儿 个个糖

（汪丹荔）

　　一年中的梅雨季，五颜六色的雨伞像花朵一样绽开在雨帘下，陪伴着脚步匆匆的主人风雨兼程。

　　雨总会带给人无限遐想。每当下雨的时候，我就会想起在铁路工地学校上小学时的情景。由于我小时候体弱多病，加上那个年代没有什么校车、出租车，父亲总是每天早上背着我徒步去学校，沿着碎石场，穿过刚铺好枕木的轨道，走六七里才能到达学校。下雨的时候父亲就让我把"撑花儿"打好，在这小小的"花儿"下，在父亲温暖宽厚的脊背上，我度过了3年快乐的小学时光……后来回到老家的小山村上学，每天要走七八公里的山路，一到雨天，母亲总会在我背着书包出门前递给我一把雨伞，并叮嘱我"把'撑花儿'拿好，身上莫打湿了，放学回来莫把'撑花儿'搞忘了！"

　　我一直觉得我们家乡话把雨伞叫"撑花儿"真是太形象太美妙了，小时候的雨伞都是黑布大伞，又笨又重，撑开的形状的确像一朵花，不过颜色太单调。我一直希望拥有一把色彩鲜艳的漂亮小伞，直到某一年，在北京参与中铁一局五处大秦铁路建设的父亲回来时带了一把十分漂亮的折叠伞,在我们的小山村和我的同学们中间"开"出了一朵最鲜艳的"花儿"。也就是那个时候,我对走南闯北、见多识广的铁路工人有了最初的崇拜,对铁路单位甚至是中铁一局也有了最初的印象。

上学路上,我有时会看见别的同学骑着"洋马儿"(后来才知道它的大名叫"自行车"),从身边"嗖"一下就跑到10米开外,感觉那么轻松、那么欢快,让人十分羡慕。回去我也嚷嚷着要骑车上学,母亲说:"你上学那个路上都是沟沟坎坎的,你又不会骑,你把'洋马儿'吆不吆得动?"我这才发现原来自己根本就不会骑车啊!于是我一边给远在工地的父亲写信,表达自己想要"洋马儿"的强烈愿望,一边央求小伙伴们教我学骑车。

在经历了无数次跌倒、摔跤和磕磕碰碰之后,我终于能把"洋马儿"吆着走了,也终于得到了人生当中第一辆自行车。那辆"永久"牌二八大车,满载着我的童年回忆,也让我更加明白只有修好路,"洋马儿"才能跑得更加欢快,让我对筑路工人由衷地敬佩,让我为父亲是筑路工人而骄傲,更为自己是"铁后代",直至后来自己也成为一名中铁员工而骄傲。

20世纪六七十年代的农村小伙伴,谁家要是有辆"洋马儿"、有台黑白电视机,几乎就是全村数一数二的"富豪"了,谁家要是有一个"吃国家饭"的工人,那就更加让人羡慕嫉妒。幸运的是我的父亲正好就是那个年代"吃国家饭"的铁路工人,每次父亲从工地回来,总会带些山村里没听过没见过的新鲜玩意儿,也总会给我们几个馋嘴的孩子带些山村里买不到的糕点糖果。小时候我的家乡话把所有糖果都叫"个个糖"。平时想吃一回糖果实在太难了,节俭的母亲偶尔会给我三五毛钱,然后我到村供销社买上一把水果糖就会开心好几天。而我每吃一颗"个个糖",都会把漂亮的糖纸视若珍宝地收藏起来,那时候常常想:我以后一定要走出山村,像父亲一样走遍祖国的山山水水,吃遍各种糖果。

毕业后我也加入中铁建设大军中,开始体验翻山越岭、四处漂泊的生活。无忧无虑的童年渐行渐远……父亲的突然离世,更让我感觉头顶的"撑花儿"瞬间散架,每当风雨烈日来临,不知道哪里才有我的"保护伞"……

每当这个时候,我就会想起父辈们徒手修建京九铁路、大秦铁路、成昆铁路等所经历的艰难险阻;就会回顾我和中铁一局共同成长的这些年,虽有坎坷,却也在逆境中一步步蜕变。几十年来,中铁一局为祖国开辟了数十条公路、铁路,完成了世界上海拔最高的青藏铁路三分之二的铺架任务,不断创造着奇迹、刷新着业绩;我们每个员工的收入和福利也发生了翻天覆地的变化,想起这些就让人没有理由退缩、没有借口颓废。

随着国家的开发建设和发展,不知不觉间,家乡的"洋马儿"早已被扔到犄角旮旯成了"老古董";企业效益一年好过一年,大家的腰包渐渐鼓起来,同事们悄悄地把"洋马儿"换成了各种轿车、越野车;曾经的大黑布雨伞也只剩下个骨架了,无论晴雨,总能看到各种样式、各种花色和各种功能的伞,把日常生活装扮得像个鲜花盛开的世界。我们企业这些年更加注重文化建设和人文关怀,只要职工有合理诉求,企业都能给予满意的答复,实实在在为广大职工撑起了一把遮风挡雨的"伞",在这朵大"撑花儿"下,我们每个员工的幸福感、归属感和自豪感越来越强。

记忆里的那朵"撑花儿"常常在旋转跳跃,记忆里的"个个糖"回味悠长，记忆里那匹"洋马儿"始终伴随着我欢快地奔跑，它们载着我的梦想、守着我的初心，与我一起见证着我的人生和我的中铁一局共同成长。

（作者单位：中铁一局）

我的回家路

（丁雨婷）

我出生于浙江杭州郊区，作为"90后"，虽没有经历过祖辈口中靠船出行到市区或是周边镇上卖菜、做生意的日子，但伴随着一路的成长和远行，我的回家路也在不断变化着……

小时候，回家的路是一路被妈妈揪着耳朵奔跑的田埂。农忙时，

作者在田野与朋友玩耍

家里的大人都在田间劳作，双腿插进湿润的泥土中，弓着身子将秧苗快速准确地插进泥中，这时一般是没有人有精力管我们几个熊孩子的。我便和邻家的孩子们在田埂上、水库边、山头上疯跑疯玩，到日落也不知歇。直到妈妈一路喊着名字，终于找到我，然后拎着我的耳朵，提着我满是烂泥的鞋，穿过田埂，在万家灯火中回到自己的家。

上学了，回家的路是人挤人、晃晃悠悠的公交车。那时候，回家的路总是特别漫长，一个小时的车程，坐在位子上，被高大的人群包围着，竟然也能睡着。有时候会被好心的阿姨叫醒，提醒我快到站了，我便匆匆忙忙背起书包下车，走几步就到了妈妈开的服装店门口，在店里写作业，或是向妈妈讨了零钱，跑到路边小摊上买小吃。有时遇上妈妈关门进货，我便会被隔壁的阿姨接到店里，等着妈妈回来。

高中时，回家的路是爸爸准时在校门口等候的小轿车。时过境迁，周围家家户户都富足了起来，开起了小轿车，我家也不例外。爸爸总会

作者在高铁上

杭州夜景

因它骄傲地挺起胸膛，这辆小轿车也总是装着零食在每周放学时准时出现在我的校门口，载着我回家。

大学时，回家的路是一张张散发油墨香气的高铁票。上海、南京，回家的路越来越远，但在路上的时间反而变少了。整洁的车站、安静的车厢，从"和谐号"到"复兴号"，这不仅是国人的骄傲，也是我归心似箭的期盼……

而现在，我喜欢自己开着车，奔驰在高速公路上。从杭州南到杭州北，什么也挡不住游子的心。我想20年前飞奔在田埂上的小孩，无论如何也不会想到有一天能自己驾车，穿越整个杭州，见证这一路上的高楼崛起、灯光璀璨。

（作者单位：中共桐庐县委党校）

在希望的路上

（胡斌）

那年冬天，除夕前夕，大片的雪花在凛冽的寒风中狂舞，枯黄低矮的庄稼早已不见踪影，用土坯垒砌的房屋在寒风中静默着，茅草搭起的屋顶，仿佛难以承载这积雪的厚重。在通往镇上的土路上，茫茫白雪中，一群十七八岁的年轻人，背着书包、扛着行李艰难前行，我便是这群人中的一个。

那年冬天，高中补习放假回家，因错过当日唯一的班车，大家一致做了一个疯狂的决定——结伴而行，徒步回家。这条40公里的土路，我们整整走了10个小时，浑身上下早已湿透，有的伙伴的鞋子甚至都裂开了口子，回到家已是凌晨。这条土路虽不及"蜀道"那般险峻，但也异常崎岖，路面坑坑洼洼，雨后必定泥泞不堪，但它是我们镇上通往县城的唯一主路，也是身处偏远乡镇的我们走出大山的必经之路。

记忆中，每次远行都是对身心的一次巨大考验，几个小时颠簸的车程早已把人颠得头晕目眩。那时，我最大的梦想就是这条路可以像大城市的那样，变成宽阔的水泥马路。家乡泥泞的土路，更加坚定了我努力学习的志向，走出大山成了我儿时的梦想。我的家乡盛产毛竹、茶叶，只是受限于不便的交通，不能形成商业规模。

后来，扩建土路的消息传到了镇上、传到了村里，家乡人民无不欢呼雀跃。再后来，我们村口也修了水泥马路，装上了路灯。村里的老人深情感叹："活了几十年，没想到还能住在马路边上。"村村连公路，家家有通途，路修好了，生活便有了希望。现在生活条件好了起来，家家户户建起了新楼房，买上了摩托车、小轿车。

时代的脚步飞速前行。我们隔壁镇，更是建起了宽阔气派的高铁站，人们坐着高铁，可以奔赴四面八方，去探亲，去访友。高速公路穿过小城，人们开着私家车在高速公路上奔驰，距离已经不是阻碍！

离家许久的我前几天在与父亲的通话中还得知了另一个好消息，2022年家乡要实现"村村通"，燃气、快递等都要通。在电话里，父亲滔滔不绝地说着，那一刻，我似乎也懂得了为什么父亲始终不愿到城里生活。

（作者单位：中铁二局五公司）

一盏煤油灯下的变迁
（施正权）

布满乌黑油污的灯身，闪动跳跃的火舌，在电力缺乏的年代，煤油灯照耀着无数个挑灯夜战的寒窗苦读和纺线织布的身影，独特的煤油味至今还让人怀念。

作者家的煤油灯

记忆中农闲时的夜是漫长的。我小时候家里没有电灯,更别提电视了。到了夜里,村庄格外安静,只有零零星星的一些灯光,透过窗户,柔柔地射出来。这些灯光,多半是来自煤油灯。那些年,煤油灯是家家户户必备的东西,否则到了夜里,家里黑漆漆一片。

母亲是从来不舍得休息的,在忙完了一天的家务后,母亲便搬来纺车,点上煤油灯,"吱吱呀呀"地开始了晚间的劳作。那几年织布盛行,人们总是在农忙之外挤着时间,纺线织布。大家忙碌着,好像手里织的不是布,而是似锦生活、华丽人生。母亲常常将自己纺好的线轴搬到有织布机的人家织布。

织布虽然透着一种神奇的魔力,可是油灯下的"故事会"才最是让我难忘的。母亲坐在纺车前,摇动纺车,摆动手臂,纺着线。我们姐弟四个就在油灯下自由自在地玩耍,偶尔也会看看书、写写作业。油灯光影闪烁,灯芯吸足了油,火苗便不断地放大,有时母亲会停下来稍作休息,这时她会给我们讲故事。母亲的故事大多是从戏台上听来的,也有她小时候听外婆讲的。母亲的故事里有孟姜女,有女驸马,有穆桂英……母亲没读过书,语言既不那么丰富也不那么优美,可是我们听得却很入迷。其实,母亲知道的故事并不多,跟长夜漫漫相比还显得太少。有时同样的故事她反反复复讲了许多遍,可是我们并不觉得厌烦,始终听得十分入迷。

母亲有时候赶着纺线,便不舍得停下手中的活。我们实在无聊的时候,姐弟几人就尝试编故事讲给母亲听。可是我们谁也不在意编什么,只是愉快地参与着,好似编的不是一段故事,而是一个华丽的梦。

就这样,在昏黄的油灯下,在母亲的故事里,我们度过了愉快的童年时光。

如今生活条件好了，昔日的煤油灯早已退出了历史的舞台，村里家家户户都通了电，村组道路两旁也都安装了路灯。老母亲已到鲐背之年，当初我们编的故事她早已忘记。

不过，无论家乡发生怎样翻天覆地的变化，在偶尔停电的黑夜，我就会想起煤油灯的亮光，想起母亲纺着线、讲着老故事，想起一家人聚在一起的温暖画面。

（作者系江苏省镇江市扬中市八桥镇居民）

建房记

（朱国喜）

看了电视剧《人世间》之后，我感慨良多。我家与房屋有关的种种过往，如同电视剧里为生存、为住房而持续奋斗的"光字片"的周家及其邻居们一样，在我的记忆里一帧帧闪过，无不打上时代的烙印。

我出生在20世纪60年代末，在我的记忆里，很长一段时间内，我家住的都是土坯房。上小学的时候，父亲第一次翻建房屋，在生产队队长主持下，村里的男同志都来帮忙，才盖起了4间草顶土坯房。淮草是从山上割来的，土坯的原料来自稻田。那时我家刚刚能够填饱肚子，没有其他经济收入，为子女交学费都困难，所有建筑材料都需要就地取材。记忆中，我家的院墙齐腰高，是用从山上采集的石头垒的，院门用一个简单的木栅栏隔着，防止猪跑出去祸害生产队里的庄稼。

这样的日子不知道过了多少年，家里的草房才有了些变化。瓦接檐成为当时比较流行的房屋，也就是在前后坡房檐处苫了瓦，的确好看不少。土坯草房看起来不美观，但是冬暖夏凉。午夜，父亲在院子里纳凉，有时自言自语，梦想着总有一天要住上瓦房。

20世纪80年代，我家终于住上了瓦房。墙还是2尺多厚的土坯墙，后墙却用青砖包了起来，即所谓的"砖包墙"。砖是父亲自己制的，起土、和泥、脱坯、晾干、装窑、烧窑、洇窑、出窑……所有工序都由父亲一人完成。瓦是买来的灰色水泥瓦，结实耐用。那个年代，对于农村人而言，能有这样一座房子就很不错了。

为了供4个孩子读书，父亲十几年没有再修房盖屋，用辛苦攒下的钱把哥哥送到了军校，把姐姐送进省城棉纺企业，又供我和弟弟读了大学。孩子出息了，我们的房屋在小山村里却逐渐落伍，邻居们陆续把瓦房换成了平房，把平房改建成二层小楼，我家却依然住着"二代房"，严格意义上说，因为是土坯墙，"二代房"也算不上。

然而，父亲不以为意，他和母亲的脸上永远挂着微笑，方圆十几里没有不知道我们家的——我是村里走出来的第一位吃"国库粮"的学生，弟弟是镇里走出来的第一位博士研究生，哥哥是副厅级干部。

光阴荏苒，进入新世纪，忙碌了一辈子的父亲有了些积蓄，盖了两间东屋，青砖红瓦，几年后又把两间东屋翻修成平房，还安装了空调和闭路电视，房顶架上了太阳能热水器，生活质量有了明显提升。然而，他和母亲依然睡在老屋里，说老屋冬暖夏凉，舒服。我们分散在不同的城市里，早有了自己的商品房，多次请他们进城安享晚年，他们都不同意，理由自然是在农村住惯了，有菜地侍弄，有熟人相伴，还可以串门聊天，晒太阳也方便。

2020年，我家住房迎来史上最大变化。我们村新建房都要按镇里统一规划，盖成古色古香的二层小楼。我家处在村庄最前边，与村里建起的越来越多的新式楼房比起来，那座土坯房显得异常另类。为了提高父母晚年的生活质量，也为了配合镇村工作大局，我们推倒了几十年的土坯房，建起了一座宽敞的别墅式二层小楼，门口挂上红灯笼，院里植树种草，养花修池，居住环境和生活质量发生了翻天覆地的变化。

在儿女们的共同努力下，耄耋之年的父母总算了了一桩心愿，住上了美观、坚固的自建房，过上了表里如一的光鲜日子。

（作者单位：河南省驻马店市确山县纪委监委）

岁岁芦花飞

（黄珊）

"夹岸复连沙，枝枝摇浪花。月明浑似雪，无处认渔家。"唐代诗人雍裕之的《芦花》，写尽了芦花之美。我家世世代代住在大海与大河交汇处的一个小村庄，这里有天然形成的占地上千亩的芦苇荡。到了芦花飘飞的季节，撑一叶小舟在水面上，环顾左右，只见团团芦花绽放于水畔，秋风吹过，如云似雪，连绵起伏，在夕阳映照下，愈发美不胜收。

村里的芦苇荡

这方芦苇荡，是上天对村庄的恩赐，它滋养、护佑着这方水土和百姓。芦苇叶长成的时候，村民们来到芦苇荡，采下芦苇叶，用它包成香喷喷的粽子，端午时节的村庄到处飘着粽香；芦花绽放的时候，村民们采下芦花放进竹筐，加入新鲜的稻草，打成"毛窝子"，冬天穿着它，即使在雪地上行走也不冻脚；到了秋天芦苇收获的季节，村民们割下苇秆晒干，捆扎成长长的"把子"，连成"屋笆"，搭建起为家人遮风挡雨的草屋。最难忘的是用芦管制作的乐器——芦笛，那悠扬的曲调令我梦绕魂牵。故乡的风景富有诗情画意，让我心驰神往。

在老一辈人的记忆深处，仍留存着那个物资匮乏、忍饥挨饿的年代的烙印。那时不仅粮食不够吃、衣服穿不暖，连柴草都不够用。爷爷奶奶年轻的时候，家里经常没有柴烧。每逢岁末，为了备好来年的柴草，他们都要利用农闲季节，到芦苇荡里捡拾芦苇收割后剩下的茬子，晒干后储存起来。有一年初冬，芦苇荡里结上了一层薄薄的冰。天不亮，爷

村中旧居

爷奶奶就来到芦苇荡边，远远地看到水面中间有一片芦苇茬子，便想过去捡拾起来。爷爷小心翼翼地站到冰面上试了试，担心冰面太薄，不敢走过去。他趴到冰面上，慢慢地往芦苇荡中间爬，只听扑通一声，冰面破裂，爷爷掉进了冰冷的水里。幸亏奶奶在岸边，她赶紧抛过绳子，把爷爷拉上岸。爷爷穿着厚厚的湿衣服回到家，冻得瑟瑟发抖。

改革开放后，占地上千亩的芦苇荡成为村民发家致富的重要资源，结出了脱贫攻坚的"富裕花"。村里家家户户都学会了编芦席赚钱。明亮的月光下，奶奶经常熟练地编织芦席，织出了一行行、一列列美丽的"席花"。随着奶奶的手指上下翻飞，芦席在一寸寸、一尺尺地延长。奶奶一边编席，一边哼着不知从哪里学来的歌谣："编席巧，编席巧，夏穿薄纱冬穿袄。编席忙，编席忙，草屋变成大瓦房……"

村里建起了新房

故乡昔日的芦苇荡,如今已建成了生态园,芦花摇曳,白鹭行行,成为美丽乡村的一道醉人风景。芦花如雪岁岁飘飞,见证着村民们的好日子,也牵动着远方游子的一抹乡愁。

(作者单位:山东省临沂市莒南县司法局)

故乡的路和桥

（江雯臻）

昼夜交替间，岁月更迭时，乘着历史长河的浪花，我们一路向前。幼年时，父亲与路结下的不解之缘见证了时代发展。

行路难

父亲记得，他7岁时，从老家到爷爷工作的地方过往的汽车很少，路途又很遥远，那时候爷爷回家得先在福建泉州住一晚上，再赶第二天的早车，坐上一整天，才能到家。

山路崎岖，山峦重重叠叠，而父亲要去的小城就藏在大山里。沿着山边开凿出的道路仅够两辆车通行。坑洼不平的路面，高低起伏，庞然大物般的汽车在路上笨拙地扭动着，一路摇晃，晃得人头疼、心慌。稚童的哭闹交杂着乘客的干呕声，让整趟旅程蒙上了一层挥之不去的阴霾。不但如此，陡峭的山路还像一把枷锁束缚了前行的车辆，车像负重的老牛一样喘着粗气，小心翼翼地爬行，稍不留意就会掉进山沟。

那时的路那么难走，福建省三明市大田县显得那么遥远，父亲满腔的归家之情都摇晃在旅程中。

筑路志

儿时的经历成就了父亲的求学筑路之梦。1992年夏,父亲初中毕业,抱着破解"行路难"的志向,毅然报考了公路和桥梁专业。

报到的那天,父亲从大田山城到福建福州,弯弯曲曲的山路上车子根本提不上速,大巴车从清晨5点多爬行到傍晚。整整12个小时,到太阳下山时他才昏昏沉沉走进了学校。

"把弯道改直,两山之间架上桥梁;把挡路的大山掏个隧道,直接打通;把坡度降下来,把路面拓宽……"一年几度的往返,父亲坐在颠簸摇晃的大巴车上,每到行车险处,都在暗下决心,畅想未来:"学好专业,报效家乡,为山区交通事业的腾飞尽力!"怀揣着这样的一份愿景,父亲为道路发展奉献数十年。

幸福路

后来,我上了学,每逢闲暇,父亲总是喜欢带我到他参与修建过的公路线上转转。一到特殊的路段和桥梁,他常常会停下车来,左右端详、来回细看……

"爸,这不就是一段路、一座桥吗?有什么值得看了又看的?"我迷惑不解。

"丫头,这每一段路、每一座桥,都是建设者艰苦奋斗、艰难创业的一首诗和一首歌啊!"通过老爸的讲述,我得知了在当时的技术条件下,工程技术人员创造的不平凡的业绩,这些在我看来平常不过的路和桥,逐步改变了大田"晴天一身灰,雨天两脚泥"的交通状况;"村村通"政策的实施,把公路修到家门口,让乡亲们告别了"肩挑背驮"的物流历史;"泉三高速公路"的开通让山海之间的联系更加紧密……

看,那座经历几十年的风雨,桥墩沉降下陷,桥面也倾斜,仅能容一辆车通行的石拱桥"光荣退休"了。正在修建中的桥叫澹多桥,它可是人、车分离,桥面宽25米有仿古韵味的廊桥。

讲起路和桥,父亲总是滔滔不绝、如数家珍。

这不,前两天,父亲又来电话说,这回等我放暑假全家去旅游就方便了,因为我们这个山里的小县城不通火车的历史就要结束了,兴泉铁路即将开通……

父亲筑路,时代育人。父亲筑路的故事是时代高速发展进步的缩影。如今,沥青路面、水泥路面,尽是磅礴向上的现代化气息。

(作者单位:福建省三明学院)

"远去"的收音机

（姚毅）

现在，我的书柜里放着两台袖珍式收音机，它们常常出现在我的眼前。收音机是我年少时的"伙伴"。收音机与我为伴的往事，常常在我脑海里闪现。

20世纪80年代初，我上初中一年级，那时我家有了第一台便携式收音机，是上海产的"海燕牌"收音机。这台收音机是我姑妈送给我家的。

作者的两台袖珍式收音机

这个礼物，在当时算是很珍贵的。收音机有一块砖头那么大，外面有皮套子，还有背带，可以背在身上。收音机里面装上三节一号干电池，就可听到远处的声音，了解到外面的精彩世界。对于少年时的我而言，这很神奇。当然，那时候收音机对于大多数人来说，也都是神秘的、有趣的。

那个年代，农村能收听的电台很多，杂音少。我极爱听广播评书，比如《三国演义》《杨家将》等。特别是听到那句"欲知后事如何，且听下回分解"，我恨不得要电台再播一遍。广播连续剧我也很喜欢，《吉鸿昌》《夜幕下的哈尔滨》等，令人难以忘怀。广播里的流行歌曲，至今我也记忆犹新，比如《童年》《军港之夜》等。广播英语教学、广播日语教学那时也很流行。

当时我都是在什么时候听收音机呢？现在想来，很多场景在我脑海里依旧十分清晰。比如，放学后，在家做晚饭时，我会打开收音机，一边烧火，一边听广播连续剧。夏天，炒米茶烧好了，我就搬起小四方桌放到屋前的场地上，再把炒米茶舀到锅里，端到外面的桌上放凉，等父母回家吃晚饭，同时把收音机音量调大，听广播里的评书。周边邻居也竖着耳朵听，大家都听得津津有味。

一个人在家做家务的时候，我也会听收音机。那时分田到户，农村人很爱惜粮食，总要挑拣出遗漏在草捆里的稻穗和麦穗，这种事往往落在我们小孩身上。我记得，四面铺满一捆捆稻草或麦草，我在中间，坐在一张矮板凳上，一边挑拣稻穗或麦穗，一边听收音机。有了收音机的陪伴，我不会感到孤独和寂寞。

后来，我谈了恋爱，到岳父家拜访，看到他家的长方桌上有一台台式收音机，我甚是欢喜，每次去，我也总会打开他家的收音机，收听喜欢的节目。如今每当我与妻子谈起"远去"的收音机,她也总是与我有许多相同的感受和难忘的回忆。

随着社会的进步和国家的发展,网络已发展到5G时代,几乎人人都拥有一部智能手机。只要有网络,人们就可以收听广播,还可以看各种视频。收音机承载了我小时候许多美好的回忆,它似已"远去",但又时常萦绕在我的脑海里,挥之不去。

(作者单位:江苏省扬中市文联)

乡村的露天电影

（李新旺）

很多年以前，小镇是没有电影院的，我们露天看电影，星星和月亮共赏。

那时每当电影下乡，就像一场盛会，村民们把庄稼提前入仓，让老牛及时归栏。午饭过后，孩子们三三两两，抬着长板凳，争先恐后地赶赴放映点，为全家占个好位置。放映地点通常在两处，学校操场和墟场。电影尚未开场，短椅长凳已是堆得满满当当，静待老少宾主落座。

起初，电影放映用的是小银幕。至于放映机多大，胶片几毫米，观众不懂，也不关心，只要能放出电影就好。正片上映前，一般会加个"套餐"——放映员自制的幻灯片和中央新闻纪录电影制片厂的纪录片，这是村民了解时事的重要渠道之一。序幕不可缺，革命歌曲在小镇上空环绕，雄壮、昂扬，村民忙放下手中活计，匆匆赶来。有时，镇村干部也会借此机会发布个通知，说点生产生活中的注意事项，效果意外地好。后来，单机换成了双机，小银幕换成了大银幕，时称"宽银幕"，电影里的人物形象变得高大起来。

千万别小看了露天电影，那时放映的可都是货真价实的"大片"。

《红楼梦》《西游记》《梁山伯与祝英台》《画皮》……这些"大片"着实火了许多年。自从《少林寺》上映后，各村忽然冒出许多"光头"，出现了许多拜师习武的青少年，田头地尾，白天黑夜，长拳短腿，虎虎生风，随时可见，随处可闻。那阵势可以与现在流行的广场舞相媲美。而《地道战》《地雷战》《渡江侦察记》，这些电影让孩子们练就了一双"火眼金睛"。露天电影为乡村送来一股强劲的春风。

那时最热衷看电影的当数孩子们。只要听说邻近某村放电影，一群小伙伴，结伴而行；有时东村，有时西村，去时暮色渐浓，归来满天星辰。当然，孩子们并非每次都能如愿，扑空在所难免，那是"情报"传递失误，串错了村庄。这点冤枉路，影响不了孩子们的兴致。他们一路天高地阔地侃，还有一路蛙鼓蝉鸣作伴。如果赶上农忙时节，孩子们则要乖巧得多。农家孩子懂事早，农田里的活，他们样样不落下，即便电影再好也只能忍痛割爱。

除了镇、村组织的电影"公映"，电影"包场"也是常有的。乡里人家好客，喜热闹，逢娶亲嫁女做寿，主人多会包一场电影，请亲朋好友乡亲观看。用乡里话说，一为名声，二为庆贺，三为人气。

前些日子，和朋友老李谈起电影往事，额上的皱纹掩饰不住他内心的激动和兴奋。老李60多岁了，是福建省三明市清流县长校镇的电影放映员，整整30年，从未离开过乡村电影事业，直到十年前乡村电影退出历史的舞台。在与老李的交谈中，我得知了不少放映人的故事，比如"跑片"。"跑片"是份辛苦而紧凑的活，县上分配给乡镇的电影拷贝计时计量，必须按规定时间接片和还片，否则就会耽误其他乡镇放映。拷贝到乡镇再次分配，放映人一天得跑多场，经常是东村放，西村已经来人等着，挑运设备。"跑片"期间，放映人家里再要紧的事都先放一边。几个场次下来,天都快亮了,放映人买来一碗农家面条,算是消夜;困了,拼两张课桌,搭个铺,也睡得香甜。如今,老李做了爷爷,家庭和睦,并不曾听他抱怨什么,依然乐呵呵,酒量不减当年。

山明水净,月朗风清。送走晚霞,洗去一日辛劳和汗水,大小村庄沉浸在幸福温暖的梦境中。多少年了,电影里的故事随着孩子们的成长渐渐远去。露天电影也成了一代人的情怀和一代人的记忆。

(作者单位:福建省三明市清流县城关中学)

门外的景，诉说吾辈的情

（唐朝）

我生于上海原南汇县惠南镇。作为一个20世纪90年代初出生的人，我虽未遇巨大波澜，却也品尝着时代变迁的滋味。

在惠南镇有个英雄村，那里有我母亲的老宅。每到假期，我总会跟两位表哥在那里相约。走出水泥场地，便是泥泞的乡间小道，一辆三轮

"英雄兄弟"和村中好友

车便能将它占了。路边有各种植物，却也让我们这些"英雄兄弟"获得了一片玩耍的天地，在乡间总能看到我们这些披着毯子的"英雄"。谁先折下一根芦粟，谁就能成为拥有金箍棒的"美猴王"；谁先登上数米高的土堆，谁就能将这一片田园风光尽收眼底；谁先捡到硬纸板，谁就能成为当晚土灶的烧火小能手……夏季的傍晚，我们会打些井水，将自己的脚泡在其中，虽不健康，却能一扫一日的暑气；星空下，我们吃着井水冰镇过的果蔬，诉说自己的今日"英雄事迹"。推开门，扑面而来的是满满的乡村味道，也是我们这代人的童年情。

随着搬入新小区居住，我们一家三口返乡的次数少了。彼时，邻居家的钢琴，是我认为最"高大上"的物件了。当然，听到邻家妹妹的哭声和时而杂乱的琴声，我也就打消去她家钢琴上"敲打"一番的冲动了。不过邻居家条件不错，我忍住了钢琴的诱惑，却没能抵挡住他们家新添置的鱼缸的魅力。在农村，我是家里的"老幺"，谁都会让着我，

如今的上海浦东新区惠南镇海沈村

即使在上海宝山区做生意的舅舅，每次回来都一定会给我巧克力吃。而在邻居间，我又成了"老大哥"。我7岁的时候，站得上板凳、开得了灶头、煮得了稀粥、炒得了鸡蛋……当然，因为邻家叔叔单位离家较近，所以他还是会来我家看看情况的。那个年代，每栋楼都不高，感觉邻居都是熟人，谁家过生日，谁家多做了馄饨，都会和其他人分享。推开门，扑面而来的是满满的友爱之情，也是我们这代人的邻里情。

时代变迁，南汇县也经历了由县变区，再并入浦东新区的过程。我们家也通过搬家实现了"更快""更高"的目标——住得更高、上下楼更快。小时候需要花四五个小时才能到上海市区，现在地铁1小时就能到达。儿时需要个把小时才能走到的英雄村，现在开车10分钟就能到。那泥泞小路，也已经变成平坦宽阔的新农村道路。甚至，在惠南镇，已经有地铁直达的村子了。在那里，不仅能品尝农家乐的菜肴，还能一边喝着村里的咖啡，一边骑着自行车游览，或是驾驶着游览车潇洒一整天。不仅农村变了，"邻居"的概念也早已颠覆，过去需要串门才能了解到的情况，现在通过朋友圈就能看到。拉个群，谈谈心，天涯若比邻。现在，推开门，感受的是生活的便捷、情感的交融，是对祖国繁荣昌盛的感恩，是想回报社会的迫切愿望，是我们这代人的爱国情。

我永远不敢想象在未来，推开门会体验到什么。只知道，越来越美好的生活，将注入我更深的情。

（作者系上海市浦东新区惠南镇居民）

老屋新亭

（黄启翔）

老家院子的正中间有一座亭子，每每路过，我常看到几位老者在亭中乘凉，喝茶聊天，伴着微风，好生快活。风吹过，带来一阵阵茶香，依稀间还透着淡淡的药草香。

多年前，这亭子本是一间摆满中草药的小屋子。小屋中放置着两个中药柜，陈列着各式各样的药材。奶奶年轻时学过中医，在乡里也算是个颇有名气的"郎中"。记得爷爷说过，改革开放前农村生活环境一般，医疗条件很差。早些时候，乡里人如果碰上病害只能无奈地摇头等待好运眷顾。奶奶立志学医改变乡里人的生活，苍天不负有心人，奶奶经过苦读终成一名中医。

学成不久，奶奶回到乡里，在老家的门房前盖了这间小屋子。奶奶平常待人和蔼可亲，但只要穿上了白大褂，戴上口罩，就变得严肃起来。她看病时认真严谨，不漏过每一个症状，给病人把脉、看舌苔、问诊、开处方……不仅看病是这样，奶奶抓药分药也是如此。当时整间屋子只有奶奶一人忙活，奶奶的手上下飞舞，拉开一个个存着药材的小抽屉，取出一搓，再称一称，快中有慢，慢中有快。乡里人都知道奶奶

作者老家的亭子

做事认真仔细,也从来没有人催过奶奶。如若有小孩耐不住性子叽叽喳喳,家长总会说:"在乡里瞧个病多难啊,别吵黄奶奶,等会儿要记得说声谢谢。"奶奶听完总是对孩子浅浅微笑,乡里人都说她是一位令人尊敬的医生。

让我印象深刻的是一个炎热的午后,我在小屋外和同伴嬉戏打闹,奶奶在屋里翻读有关中医药学的书籍。一位衣衫褴褛的老爷爷走进屋子里,我赶忙跑进屋子里叫奶奶:"有病人来啦。"奶奶立马放下手中的书走到柜台前,原来这个老爷爷发烧生病好多天了,但不知为什么一直没吃药。奶奶像往常一样开了药,在拿药给老爷爷时点了点头,小声嘀咕着:"赶紧拿回家吧,记得每天按时服用。"我看到他没给药钱,就大声提醒奶奶:"奶奶你钱忘收了。"话音未落,奶奶就给我打了"嘘"的手势。那时的我很不解,后来我才知道奶奶的良苦用心……

改革开放后乡里的条件好了不少,人们能去市里的大医院看病,就算遇到紧急情况,乡里也有卫生院和诊所。奶奶的小屋依旧门庭若市。随着时间一天天过去,岁月在奶奶的脸上留下了痕迹,她年纪大了,动作没有以前灵活了,也生怕自己给别人瞧错了病,很多次想把小屋子拆了,但是每次都被乡里的人劝下来了。在乡里人心中,它不只是一个小屋子,还是村里人的定心丸。

时过境迁,最终那间小屋没有被留住,但它从未在我的生活中消失,如今伫立在那里的是一座新亭,我多次问奶奶为什么要建一个亭子。奶奶说:"乡亲们现在不缺看病的地方了,缺的是一个喝茶聊天的地方。以前天天干农活也没时间聊家常,现在生活好了,得把以前没享的福都找回来。"奶奶的小屋从来不是为了赚钱,它是奶奶对乡亲们的一颗真挚的心。

乡亲们没有了这间小屋,但他们有了更好的医院和诊所;奶奶没有了这间小屋,但是她的真挚与热忱没有改变。那座满满中草药味的新亭子,就像是时代变迁的象征。老屋、新亭,都在每一个人的心中。

(作者系福建省福州外国语学校学生;指导教师:潘婕)

第三章 真情暖人心

ZHENQING NUAN RENXIN

半个世纪的"光明"恋

（李骁）

在四川省巴中市川陕苏区将帅碑林的红军陵园里，长眠着我的爷爷奶奶。爷爷奶奶的墓碑后，两棵松柏紧密相依，在阳光雨露的沐浴下，它们愈加苍翠挺拔。松柏无言，默默守护着我的爷爷奶奶，在我眼里，它们是爷爷奶奶半个多世纪朴实而真挚的美好革命感情的象征——他们的感情历经了时间和空间的考验和洗礼，历久弥新。

爷爷奶奶的故事，是近2000公里的追随，是54年历史的沉淀，是闪耀着平凡之光的点点滴滴。

早在解放战争初期，部队首长就多次给爷爷介绍对象，但都被爷爷婉言拒绝，他说："战争年代，当兵的人，生死未卜，不能连累姑娘。"奶奶当时聪慧漂亮，很早就有长辈给她介绍青年才俊，但都被奶奶坚决回拒了。直到20世纪50年代初，中国人民解放军第二野战军进军西南，爷爷随二野军大到达四川广安。在这里，已过而立之年的爷爷认识了花信年华的奶奶，爷爷奶奶的爱情故事由此开始。缘分，就是这样神奇。

那个时候，爱情两个字羞于启齿，但那颗美好的种子，却在两个年轻人心里悄悄播种、萌芽并期待着开花结果。爷爷奶奶的联姻属于军婚，需要经过严格的组织审查，到了1952年，结婚审批还未下来，爷爷就随部队离开了广安，调到了河北张家口。我无法想象，那时的爷爷奶奶，经历了怎样的焦急、盼望和等待。

直到1952年底审查通过，我的奶奶，此前从未出过广安城的奶奶，带着对爱的忠贞和向往，不惧路途遥远、行程艰辛，只身一人从广安东门码头出发，勇敢而坚定地踏上了北上的路程。从广安到张家口，奶奶坐了轮船、火车、汽车，外加徒步，辗转近2000公里，历时半个多月，终于到了爷爷所在的部队驻地。如今回头看，这近2000公里足迹的追随，换来的是爷爷奶奶长达54个年头患难与共、相濡以沫的美好姻缘。

爷爷奶奶对彼此的尊重、理解和欣赏，是这段佳缘的基石。爷爷英勇抗敌的军人身份，是奶奶一辈子所崇拜的；奶奶的能干持家、善良坚

作者爷爷奶奶的结婚照

韧也深得爷爷一辈子的欣赏。作为老党员的爷爷在离休后，依然主动承担了党组织的各种大小事情，奶奶则始终默默支持爷爷所从事的一切社会事务，把家里安排得井井有条。

奶奶对爷爷的爱，体贴入微，忠贞不渝。为了照顾好"革命功臣"，奶奶把所有的爱都给了家人。奶奶年幼时读过书，爷爷几乎没有文化，在部队时，奶奶一直鼓励并帮助爷爷学习文化，到后来，爷爷从只认得自己名字的"文盲"变成了能够独立读书读报的"文化人"。奶奶心灵手巧，爷爷和全家人的毛衣、毛裤、帽子、围巾、手套等，全是奶奶亲手编织的。

爷爷长征北上到甘肃天水时颈椎负重伤，左半身留下了严重的后遗症，左手只有大拇指和食指能灵活活动，细心的奶奶专门给爷爷织了将中指、无名指和小指连在一起的特殊手套，方便爷爷活动。记得有一次，年迈的爷爷在春节期间住院，除夕夜，体弱多病的奶奶坚持要同我们一起去医院，给爷爷送去他最爱吃的饺子。爷爷过世后的某天，80岁高龄的奶奶突然像个孩子一样委屈地跟我说："我想你爷爷了。"我顿时泪流满面。

爷爷对奶奶的爱，粗中有细，含蓄真诚。听爸爸说，全家搬到四川成都后，虽然家里孩子多、家务繁忙，但爷爷仍会偶尔抽空骑着三轮车，载着奶奶到新桥电影院看场黑白电影。奶奶一直身体不好，常常吃药，家里的老式五斗柜里装满了各种各样的中药。平时粗枝大叶的爷爷不仅主动学习识别各种中草药，还专门买回一个小秤，每次从医生那里开回药单，便自己配药给奶奶熬制。我还记得，在我童年时期，爷爷奶奶年事已高，奶奶不便下楼，爷爷常会挂着拐杖外出，带回奶奶最喜欢的檀香皂、黄芪面霜或桃酥。而印象最深的是，爷爷去世前夕，悄悄反

复叮嘱我们：替他照顾好奶奶……

2007年4月5日，清明，90岁的爷爷驾鹤西去。2011年5月4日，83岁的奶奶永远离开了我们。

如今，每当听到《当你老了》这首歌，爷爷奶奶的往事便会浮现在我眼前。爷爷的名字中带着"光"，奶奶的名字中带着"明"。"光明磊落"，正是爷爷奶奶相亲相爱、相濡以沫半个世纪以来，做事、待人、持家以及对待爱情和婚姻的信条和写照。

（作者单位：四川航天系统工程研究所）

我和我的东乡族大哥

（王鹏）

有一种风景，隐于平淡，却感人至深；有一种联系，虽不常见，仍心心相伴。

为了把党的十九大精神带到基层去，进一步将"民族团结一家亲"活动推向深入，根据伊犁师范大学的统一安排和部署，从2018年4月开始，我和我的同事们一起参加了赴新疆伊犁州巩留县红光村的"结亲"活动。第一次踏入红光村，只见处处阡陌沟渠、田屋农舍。除了这美丽的田园风光，更有村民们的朴实与热情让我感动，尽管我们在语言沟通上会有一些障碍，但一次次有力的握手、一张张温暖的笑脸，却都装满了真诚与善意。

我的亲戚叫木沙，是一位勤劳的东乡族大哥，从村委会到他家大约有五公里的路程，这一路他一直紧紧地拉着我的手，给我述说着村里的大情小事……此情此景，我犹如回到了儿时被父母带去农村的亲戚家一样，没有一丝陌生感，真的就像节日里，全家人回家相聚一般自然。

木沙大哥的妻子白秀兰是个爱笑的东乡族女子，尽管不爱说话，但是当她把我们请进专门为我们准备的房间里，拿出新买的被套脸盆，端上丰盛的瓜果饭菜时，任何语言都是苍白的。四月的夜晚，村庄里依然有些许寒意，但那一刻，屋内却温情满怀。是的，我们虽然素未谋面，但却像久别重逢般亲切自然。大伙儿围坐在炕头，手捧着冒着热气的酽茶，聊聊家长里短、劳作的辛苦和孩子们的学习与日常的顽皮，夜色在残月如钩中洋溢着美好，早晨在鸡鸣中醒来，喝一碗热腾腾的奶茶，一起去喂鸡饮牛、下地锄草，和路过的每个人大声问好，这是一种多么新奇又满足的体验。

每次去红光村，木沙大哥都会早早地在我们的必经之处等待着，没有客套与寒暄，拉着我很自然地就往家走，粗糙的掌纹让人觉得很踏实。最让我难忘的是一起下地时的经历，那是一种经历过辛苦和汗水之后的收获。闲暇之余，我们坐在地头和村民谈天说地，听他们感慨这几年的条件正在一点点改善，不再是以前家家靠借钱讨生活、孩子面临辍学的苦日子了。我想，如果没有入户，我们可能一直是生活在两个"世界"的人，而现在，我们是一样的人，不！我们早已是一家人了！一家人，就要吃在一起，住在一起，学在一起，干在一起。

相处的点点滴滴是一种记忆，于我，更是对心灵的洗涤和新生。我真正懂得了什么是"朋友越走越近，亲戚越走越亲"。我们之间从一开始只是相互点头的问候，到现在每次分别时的互相拥抱惜别；从刚开始见面后履行程序般地放下礼物、照个相，到现在兄弟姐妹似的促膝长谈；从刚开始走在村间道路上的一点点"担心"，到现在遇见每个村民都会兴奋地说一句"亚克西姆斯孜"，遇见放学的孩子，他们也都会向你说一声"你好"……这些润物细无声的改变，书写了一幅幅"民族团结一家亲"的动人画卷。

"众力并，则万钧不足举也；群智用，则庶绩不足康也"。在新疆这片美丽富饶的土地上,各民族一直亲如一家。这次驻村入户,我深深地体会到,只要我们每个人都能付出真情,他们也会用同样的热情回馈于你。

时光匆匆,在红光村的日子早已走过四季,我和木沙大哥已经成了一家人。想起每次离别时他那不舍的眼神,想起每次电话中他那爽朗的笑声,此刻的我忽然内心泛起一阵感伤,太多的点点滴滴为这个平淡的秋夜增添了一缕温情。也许有一天我会老得忘了自己,但心中这一份份民族情、兄弟谊却如校园里那一排排白杨树般,风吹不倒!

(作者单位:伊犁师范大学中国语言文学学院)

外婆的鸡蛋

（夏玉琼）

妈妈打来电话，说外婆生病住院了，我关切地询问病情，想着这个周末一定要抽时间带着女儿回去看看外婆。妈妈说："你外婆又给你和妞妞攒了30多个鸡蛋，下次回来记得带去吃。"听到这句话，我的情绪再也控制不住了……

在我的记忆里，外婆家里总养着几只鸡，大家都说它们是外婆的"心头宝"。每次妈妈让外婆来家里住几天，外婆总会说："不行啊，家里还有几只鸡要喂。"年幼的我脱口而出："那就带着鸡一起过来住。"这惹得家人哈哈大笑。而当鸡生病的时候，外婆也会愁容满面。

在物资相对匮乏的年代，外婆的鸡蛋可是餐桌上的宝贝。每次我和弟弟去外婆家，外婆总会把家里为数不多的鸡蛋变着法子做给我们吃：荷包蛋、鸡蛋羹、韭菜煎蛋……花式制作的鸡蛋，点亮了我们曾经清贫的日子，让我们觉得生活没有那么苦。而每次我们让外婆也一起吃鸡蛋时，外婆总会笑眯眯地重复一句话："我不爱吃鸡蛋，你们吃。"年幼的我信以为真，直到长大后才明白，外婆其实也爱吃鸡蛋，只不过是自己舍不得吃罢了。

作者一家祖孙四代

后来，生活条件越来越好，鸡蛋成了老百姓饭桌上的常见菜品。可是外婆依然坚持每年养几只鸡，时不时地给我们送土鸡蛋吃。我十分疑惑：外婆养的鸡并不多，她怎么会有那么多鸡蛋送给我们吃呢？

这个疑问在我去年回外婆家过年时找到了答案。有一天，外婆在菜场买完菜回家后，我无意间看到桌上的菜中间还放着一个红网兜，里面是小小的鸡蛋。我问外婆："家里有鸡下蛋，您怎么还买鸡蛋呢？"外婆像极了做错事被发现的孩子，说："外婆年纪大了，只要吃菜市场买的鸡蛋就行，土鸡蛋给你们吃……"我看着旁边满满一袋的土鸡蛋，每个都那么大、那么饱满，心里很不是滋味，原来外婆的鸡蛋是这样攒出来的。

走的时候，我执意要把土鸡蛋留给外婆吃，外婆还是拎着跟了出来，摇晃着瘦小的身影，跟着我追出去好远。最后，妈妈说："收下吧，这是老人家的一片心意。"我无奈，只能一边接过鸡蛋，一边对外婆说："下次土鸡蛋您都留着自己吃！您再这样攒着不吃，我就不来拿鸡蛋了！"外婆看我接了鸡蛋，连连点头说："好，好。"汽车飞驰而去，外婆在村头枣树下的身影久久停留。

我又拨通了外婆的电话，告诉她我周末会带女儿回去看望她。外婆高兴地说："好，家里又有好多鸡蛋了，你带回去吃，这可不是舍不得吃省下的。现在村委食堂给老人送餐到家，有荤有素，菜品丰富且味道好极了。我跟你外公从厨房'解放'了，每天到点了就等食堂的菜。"

"囡囡，外婆等你回来吃炒鸡蛋！"想起这话我真想马上到外婆身边，再尝尝那飘香的炒鸡蛋。我仿佛看到外婆脸上喜悦的神情，那是对现在生活的知足和感激。听妈妈说，外公外婆不仅实现了"鸡蛋自由"，还能按月领老年人补贴，到村里的老年人活动中心参加做青团、包粽子等活动。

（作者单位：江苏省常州市新北区罗溪中学）

永远的家织布

(田敬文)

现在市面上丝绸、棉、麻、化纤等各种质地的衣衫，可以说应有尽有，令人眼花缭乱。但令我久久难以忘怀的还是那童年、少年时代穿过的家织布。

家织布在我家乡是一种很普通、很有"乡土味"的布。这种自产自销的布虽粗糙、颜色单调，但却耐磨、易洗、保暖且透气。

做家织布工序烦琐，也很讲究。每年阳春，勤劳朴实的父母亲翻耕土地后，把饱满的棉籽小心翼翼播种在肥沃的土壤里。经过剔苗、除草、追肥、喷药、掐尖、打杈后，到了金秋，田野里的棉枝上便挂满了白花花的棉花。棉花收回家后，经过"弹"这道工序去掉棉籽，再将棉花搓成长约50厘米左右的棉条，然后纺棉成纱。每当夜深人静，劳累了一天的母亲打发我们小孩子睡觉以后，就盘腿坐在纺车前，摇动纺车……我们睡一觉醒来，睁开眼睛一看母亲还在那里"嗡嗡嗡"地纺着。那时候，在我们孩子们眼里，母亲是不知道困倦的。

母亲拿出一些白面按一定比例放到水中，在做饭的锅里把水烧开后，再把纱线放进去煮一段时间，这样煮出来的棉纱才有韧性。每逢这个时候，手巧的母亲都会去供销社买来各种染料，把线染上颜色。家织布制作工序已近尾声，热心肠的邻居大娘、婶子会前来帮忙"走线"。

万事俱备，只欠东风。织布的一切工作准备就绪后，母亲从田间回到家中，忙完家务后，就会坐在织布机上，手拿梭子，脚踩织布机，"咔咔咔"织了起来。在母亲巧手飞梭的编织下，表面有些粗糙，但却凝结着母亲辛勤汗水的家织布就会缓缓地从织布机中出来。

家织布除了用作衣服面料，还可以做被面、床单、墙围、鞋面等。母亲会用剪刀裁下还在织布机上的家织布，给我们每人做一件家织布衣服。母亲不会量体裁衣，但她有一套自己裁衣的方法，她会把我们正在穿着的衣服结合我们的生长发育情况按一定的比例放大，这样裁出的衣服既合身又不浪费布料。那时候穿自己母亲做的家织布衣服的农村孩子很少，谁能穿上自己母亲做的家织布衣服是一件很幸福的事情。我母亲一生勤劳，能做一手好针线活。春天，母亲为我做一身家织布单衣；冬天，母亲为我缝一身家织布棉衣。穿母亲做的家织布衣服是我童年记忆里最美好的时光。

母亲做的家织布衣服伴我度过了童年、少年。后来，我进当地县城读书了。看到其他同学在商店买的被子和衣服，我觉得自卑极了。回到家后，多少个夜晚，昏黄的灯光下，母亲在织布机上"咔咔咔"织布，我辗转反侧，睡不着。母亲知道了我的想法后，轻声叹了口气："孩子，你这么大了，该懂事了，在学校里不能比吃、穿，咱要比学习。只能靠学习，咱农民没有别的路。"母亲的话语不多，也不慷慨激昂，更不是什么大道理，但是让我懂得了"农民只能靠知识来改变自己的命运"。

如今，我离开家乡来到城市已经20多年了，也穿了不少城市人所穿过的面料衣服。但是无论何种面料的衣服，里面都没有包含着母爱。母亲的家织布让我感到亲切、自然、温暖……

（作者单位：陕西省汉中市洋县经济贸易局）

载满父爱的自行车

（严小英）

我出生在甘肃省永登县一个偏僻的小山村。在我的记忆中，爸爸有辆"永久"牌自行车，在当年，这算是家里比较值钱的物件了。那辆自行车承载了许多过往岁月的记忆和情感，也承载了爸爸满满的爱。

爸爸是一名人民教师，当年，爸爸每天骑着他的自行车，带着我风雨无阻地奔波在上下学的路上。我坐在爸爸自行车的横梁上面，一边欣赏着风景，一边催促他骑快点，还时不时玩着自行车的铃铛，铃铛声如一曲小调。

每天回家，爸爸做的第一件事就是擦拭他的自行车。我和弟弟妹妹争先恐后地去帮忙，我打水，弟弟妹妹拿抹布，我们小心翼翼地擦车轮、擦横梁。爸爸调手刹、上链条油、调试铃铛，一家人忙前忙后，直到妈妈做好晚饭叫我们。看着崭新的自行车，全家人心里都很高兴。

在记忆中，每到冬天我即使穿着厚厚的棉衣和棉鞋，也还是会被冻哭，爸爸便让我坐在自行车的后座上，怕车座太硬，他就用海绵垫起来。风呼呼地刮着，爸爸骑车的速度越来越慢，我用双手抱住爸爸的腰，脸颊贴着他那宽阔的后背，那一刻我感受到温暖和安全，我知道，

作者和父亲

这就是父爱！

有时候，我们还会遇到沙尘暴天气，狂风肆虐中寸步难行，爸爸只能推着自行车往前走，看着爸爸曲起腰奋力推车的样子，他的背影是那么高大，我也再次感受到了父爱的伟大。爸爸对我的关心和爱护是无法用语言来表达的，若时光能倒回，我一定不再让爸爸受累。

时光匆匆，我在慢慢长大。在那辆载满父爱的自行车上，爸爸给我讲过故事，讲过他在兰州大学上学时的事，讲过人生哲理，还教我怎么做人……这些话这些年始终陪伴我左右。爸爸也总给我以温暖，伴着我一路前行。

后来，生活水平提高了，爸爸的自行车换成了摩托车。铃铛声不再作响，但是它记载了爸爸为幸福生活努力拼搏的样子，也见证了祖国的发展。

时代的浪潮滚滚向前，那辆载满父爱的自行车留下的记忆却是永久的。如今，远嫁浙江的我，每当看到相册里那张爸爸用自行车载着我的老照片，就会想起童年美好的时光。

那辆载满父爱的自行车，是一段岁月，一段历史。

（作者单位：浙江省金华市武义县武阳幼儿园大田园区）

一碗别有味道的冰凉粉

（曾子漩）

晶莹剔透，清香扑鼻；爽嫩弹牙，沁人心脾……炎炎夏日，坐在老家的餐桌旁，我总能想起爷爷亲手制作的消暑冰凉粉。

有一年暑假，我回老家看望爷爷奶奶，爷爷给我做了一碗冰凉粉。

那是回家的第二天。吃过午饭，爷爷便拉着我的手走进厨房。只见爷爷从柜子里抱出一个大瓷罐子，他把手伸进瓷罐子里，掏出一个装满黑乎乎颗粒的袋子。

"爷爷，这黑乎乎的是什么东西呀，您怎么像藏宝贝似的？"我好奇地问。

"这个可真是宝贝哦！别看它长得黑，作用可不小！它叫冰粉籽。"爷爷说，"看好了，现在我要开始制作一道具有传统风味的小吃——冰凉粉。"

只见爷爷舀了一大勺冰粉籽放在碗里，用水将冰粉籽洗净，然后放入纱布中，用手反复揉搓大约三十分钟，直至出浆。冰粉籽出的浆晶莹澄澈，装在木碗里，散发着一股清香。随后，爷爷又在另一个碗里倒入一点红糖，加入凉白开，搅拌成红糖水。他变戏法似的将石灰水以及西瓜丁、柠檬碎依次摆放在灶台上。

"爷爷，您怎么有这么多材料啊？"我好奇地问。

"知道你要回来，我就提前准备好了这些材料。"爷爷笑眯眯地说。

爷爷在冰粉籽的浆里加入石灰水，然后用木筷顺着一个方向快速用力搅拌。最后，将搅拌好的冰粉浆液，立即放入冰水中冷藏三个小时，使其凝固。心急的我总是等不到三个小时，就要揭开盖子看一下冰凉粉。我每动一下，那晶莹剔透的块儿就微微颤抖，馋得我口水直流。爷爷走过来摸着我的头说："孩子，心急可吃不了热豆腐哦。做人做事都不能急躁，要有耐心才能品尝到美食真正的味道。"

"我明白了，爷爷。"我说。

三个小时过去了，待其凝固，爷爷小心翼翼地洒上红糖水，放入西瓜丁和柠檬碎点缀。

我捧着这碗新鲜的冰凉粉，尝了一口，红糖水包裹着的冰凉粉入口竟有一丝温润的感觉。我再咬一下，果冻般的冰粉块裂开，冰凉凉的，弹弹的，入口即化。站在一旁的爷爷看到我享受的样子，满足地笑了。

这碗冰凉粉不仅是一道美味的传统小吃，更是一位老人对中国传统文化的热爱和坚持，这碗里充满了中国传统文化独特的魅力……

爸爸告诉我，在他小时候，屋后种着冰粉树。入夏时，爷爷总会摘下一些冰粉籽给他们做冰凉粉吃。

"爷爷，冰粉树长什么样呀？"我好奇地问。

"冰粉树是一年生直立草本植物，通常可以长到两米，树皮呈红褐色或灰褐色，枝叶茂密，叶子呈椭圆形，比较宽大，一般在夏季开花，秋季结果。"爷爷一口气给我讲了这么多。

我又品了一口冰凉粉，凉丝丝的，更甜了……

如今，爷爷已经去世，我再也吃不到他做的传统冰凉粉了。

在炎热的三伏天，有时我也会忍不住跑到路边的小摊买一碗冰凉粉。吃过之后，我总觉得这些冰凉粉再好喝、再甜，也比不上老家那一碗爷爷用传统方法制作的冰凉粉……

（作者系湖北省武汉市洪山区广埠屯小学六年级学生；

指导老师：许会平）

四合院的记忆

（汪池）

那是一个让人难忘的年代。

我记忆中的四合院，挤满当年征战四方的战士，他们放下枪杆，拿起坎土曼，将要变成朴实、勤劳的庄稼汉。一个宿舍里住着一群没有成家的单身汉，还有一群稚嫩、快乐的小伙伴。我们在四合院里生活、憧憬未来、追逐梦想……直到有一天开始回忆。

葛爷爷和葛奶奶是我家邻居，他们住在拥挤的小屋里，屋里支着一张大床，对面放着一张小床，门后一个火墙连着土炉子，火炉前经常坐着一群放学后等着父母下班的孩子。炉膛里的柴草烧得噼里啪啦响，笼里的蒸汽透出玉米面窝头的清香。葛奶奶坐在床边做着针线活，等待着孙子下课和葛爷爷下班。有时，到起笼时，葛奶奶会给我们一人拿一个窝头，端出一盘切得很碎的、萝卜缨腌制的咸菜。大家学着葛奶奶的样子，把咸菜放进窝窝头里。

院儿里的邓奶奶总是挂着一根小拐杖，晌午时坐在屋檐下晒太阳。他们祖孙三代住在一间土屋里，屋子虽然小，但是心安，日子过得静好。

六十六团建工连四班全体留影（拍摄于1979年）

我家右边的邻居是南梁游击队的战士常文山，他参加过延安保卫战，曾多次负伤，落下了口吃的毛病，腿也瘸了，一直在为铁工班拉风箱。每天晚上，我们可以听到他唱陕北民歌，情深意真、铿锵有力，蕴含着一个老兵的朴实情感。

南边住着老班长王文，他沉稳干练，虽然小学没念完，却凭着自学饱读诗书，知识渊博的他还给大家当起了教员。他的大女儿上了师范学校，后来当上了老师；小女儿考上了大学，找了一份不错的工作，也算圆了他当"文化人"的夙愿。

西南角住着出身于木工世家的姜老伯，他操着一口江苏方言，拖家带口来到五〇农场谋生，一家六口挤住在不到20平方米的屋子里。姜老伯会木工，床、箱、柜、桌都是榫头搭接，不用一颗铁钉，不翘不裂不变形，据说可以用几辈人。可惜，传统技艺却被时潮搁浅，老物件已不常见。

住在我家对面的陈叔，是铁木工队菜地班的成员，他用二牛抬杠犁地法，地犁得又快又深，两头牛扛着一个杠子拉着犁铧默契地甩着尾巴，不紧不慢仰着头翻耕着一块块菜地。被犁铧磨亮的土壤翻起，黝黑、清香、光亮……

我父亲和杜叔是拉大锯的搭档。杜叔喜欢哼着豫剧小调工作，看似心不在焉，却极少跑线。父亲戴着透明的风镜，在坑下使劲地拽着大锯，锯末一束一束落下，和肌肤汗水交融，滚落在衣衫裤袜之间。只要拽不动锯，那一定是跑线了，两人互相埋怨，吵架是家常便饭，但休息片刻气又消了。两人争争吵吵十几年，工作上依然是好搭档。

后来，由于工作调整，铁木工师傅举家搬迁了，我们的邻居葛爷爷葛奶奶搬走了，小哥哥走了，姜老伯一家也走了……再后来，铁木工队改成了房建队，我父亲是木工班的副班长，母亲去运输班赶牛车去了。我又有了一群新玩伴。

如今，我离开四合院十几年了，却依旧常常梦见马号、翻跟头的草垛……那矮矮的土屋，似乎没有羁绊住大家远走的心。院儿里的人换了一茬又一茬，熟悉的面孔换上陌生的面孔，有些游子一别就是几十年，但四合院的模样还在记忆里。

忘不了，葛奶奶的窝窝头，窝窝里填满萝卜缨腌制的咸菜；忘不了，母亲的玉米面发糕，放点糖精可口酸甜，满足小孩吃糖的味觉；忘不了，陈贵阿姨制作的油泼辣子浆水面，清凉解暑还解馋；忘不了，那些和善的笑容，第一代军垦人，我的父辈，一个个相继而去模糊的身影。

如今，只有陈叔每天拄着带凳子的拐杖，蹒跚地走在林荫道边，沧桑的皱纹里镌刻着四合院的记忆。

（作者系新疆生产建设兵团第四师六十六团退休职工）

梦回"大杂院"

（王洪梅）

住进宽敞明亮的新房子，躺在柔软舒适的大床上，我竟然梦见了30年前住过的"大杂院"。

"大杂院"原本是我们镇上驻守机场部队的家属院，随着到镇上打工的人越来越多，家属院慢慢地变成有着各式各样住户的"大杂院"。

"大杂院"和我上课的学校仅一墙之隔，为了方便上下班，我也把家搬进了大院。我的"左邻"是林老太祖孙三人，"右舍"是60多岁的张大爷老夫妻。林老太在学校门口摆个小摊维持祖孙三人的生活。张大爷患残疾生活不方便，俩儿子又都在外地工作，老夫妻便从乡下搬到这里靠张老太揽点儿活养老。

也许因为我是教师，两家的老人小孩都很敬重我。我工作时间紧，常不能去菜市场，林老太便经常帮我带菜，理由是她本来每天都去给孙子们买菜做饭。我周末带着孩子和张老太一家一起散步时，不知情者竟以为我们是一家人。

大年初一早上，我正做着好梦，就听张老太一边拍门一边轻声呼唤。我急忙披衣下床开门，张老太端着一碗热腾腾的汤圆站在门口，见到我就笑眯眯地说："快快快，刚出锅的'元宝'，吃了一年吉祥如意又发财！赶紧趁热吃了再去睡！"我便半眯着双眼接过汤圆倚着门框开始吃，张老太则站在旁边，一脸满足。待我喝完碗里的汤，张老太便麻利地接过碗催促道："赶紧睡去，别着凉了！"我胡乱抹一把嘴就乖乖上床接着做我的美梦去了。小时候，我在父母身边也没享受过这般娇宠，没想到已为人母了，还有人如此宠爱我，这份爱里浸着怎样的温情呢？

一日，我下课回家，洗完孩子的衣服后感觉特别困，便没和两家老人道晚安就睡了。待我醒来，床前竟密密麻麻挤了一大群人。见我睁开眼，他们一个个才长长地舒了一口气，张老太和林老太更是欢喜地叫起来："好了好了，没事了，劳烦大家了，谢谢！谢谢！"原来，那晚林老太回家见我房间没亮灯，便去问张老太情况。张老太说没发现什么异常呀！林老太不放心，她没见过我这么早就休息，何况也没给张老太说一声，担心我晕倒了。于是，他们不管三七二十一，赶紧敲门叫我，还急忙四处找人，扛来梯子，端来凳子，麻烦年轻人从窗户爬进屋打开我的房门，直到看见我们母子安安静静地睡在床上，她们才放下心来。

大爱无疆，小爱有心！虽然这个"大杂院"里住着的绝大部分居民都是小人物，但这些小人物身上的爱，温暖而美好。

（作者单位：贵州省遵义市新蒲新区党工委宣传部）

母亲的后背

（胡军英）

在成昆铁路建成后，1970年底，父亲随铁道兵第4师第20团，又奔赴襄渝铁路。我们告别了云南省楚雄县，随部队来到了四川省万源县，我们家住进了万源县运输社的一个大院里。

在一个骄阳似火的下午，7岁的我和5岁的大妹妹在家哄着小妹妹，妈妈带着10岁的哥哥去山上砸石子了。我一眼瞥见柜子上面的奶粉盒，这盒奶粉是给1岁多刚断奶的小妹妹吃的。我馋劲儿上来，于是搬来个小板凳，站上小板凳再爬到柜子上，打开盖子，用小勺子舀了一勺奶粉，刚刚放进嘴里，就听见大妹妹喊道："妈妈回来了。"啊，妈妈回来了！让妈妈看见我偷吃奶粉那可了不得，我惊慌失色，连忙从柜子上往下一跳，这一跳不打紧，我赤着的右脚不偏不倚落在了一块铁钉向上的木板上，锈迹斑斑的大铁钉即刻扎进了我的右前脚掌里，顿时鲜血流了出来。此时我嗓子眼里的干奶粉吐不出来，也咽不下去，我忙用手指把奶粉抠吐了出来。我根本顾不上疼，冲着惊慌失措的大妹妹喊道："快，快来帮我把木板子给拔下去。"大妹妹吓得哇哇大哭，不敢上前来拔。这时，我听见妈妈开门的声音了，心想这下子坏了，偷吃奶粉，

我家的"人世间"故事

作者全家合影

妈妈肯定要揍我了。

然而,出乎我的意料,妈妈没有骂我,更没有揍我,而是立即蹲下身子来查看我的伤情。看见锈迹斑驳的大铁钉穿透了我的前脚掌,妈妈当机立断用绳子把木板固定在我的脚上,背起我就往卫生队跑去。

卫生队在万源县城外后河对面的小山上。后河发源于大巴山,河水常年是冰冷的,即便是到了夏天,后河的水也比其他的河水要清凉许多。为抄近路,妈妈背着我,迈过齐膝盖深的后河,直奔山上。我趴在妈妈的后背上,感觉整个前胸是滚烫的,妈妈浑身上下已是湿透了。

来到卫生队,医生给我做了紧急处理,包扎完毕,妈妈轻松了许多，背着我缓缓走下山去。来到后河边已是夕阳西下，夕阳的余晖照在波光粼粼的河面上，绚丽如梦幻。

我趴在妈妈的后背上，心里难过极了。我知道妈妈每天夜里就是在这个后河里捞沙子装车为家里挣钱还债的。当时，我们家为给奶奶看病欠下的钱，对我家来说就是个天文数字，几乎把爸爸压垮了。爸爸愁得头发大把大把地脱落，身体也快速消瘦。妈妈看在眼里疼在心上，她鼓励爸爸不要怕，只要有人在，咱们就一定能还清欠款，日子一定会好起来的。妈妈以柔弱的身躯独自承担起家庭的重任，不让爸爸为家中的事情操心，全心全意支持爸爸的工作。

为早日还上欠债，妈妈白天在山上砸石子，夜晚在后河里捞沙子装车，深夜还要为我们缝补衣裳。我的外婆、外公先后于1965年、1966年病逝，因为欠债，妈妈均未能从云南赶回来送外婆、外公最后一程，这成为妈妈心中永远的痛。每每念及此事，妈妈都会泪流满面，感到愧对父母。

我趴在妈妈坚实的后背上，想着妈妈的艰难，想着为偷吃一口奶粉竟惹了这么大的祸。铁钉扎进我的脚掌中，我都没有掉一滴眼泪，此刻却情不自禁地流下了愧疚的泪水，我含着泪对妈妈说："妈妈，对不起，我错了……"本以为妈妈会骂上我几句，没想到妈妈也流下了泪水，哽咽地说："女儿，你从小有小儿软骨病，体弱多病，是该喝点奶粉加强营养。可咱家欠着一大笔账，没办法，是爸爸妈妈对不起你，日子会好起来的……"

妈妈的后背是那么的坚毅，又是那么的温暖。

顷刻间我的泪水又把妈妈的后背打湿了……

（作者单位：江苏徐州贾汪运河支队抗日纪念馆）

暖心烤地瓜

（王翠玉）

天特别冷，走在下班的路上，踏着泥泞的路面，时不时晃动几下疲惫的脖子，再把羽绒服往胸前拽几下，但还是去不掉倦意，挡不住那冰凉的风。看着路两边的小吃，寻思着中午饭该如何打发，突然，我看到一个大大的烤地瓜炉子，眼前一亮，似乎马上就感受到了那炉子的暖意，再一看那瑟瑟发抖的摊主，心里一紧，赶紧跑上前买了两块大大的烤地瓜，小心翼翼捧在手上，热乎乎的，身上立马暖了起来，心情也变得愉悦了。

回到家，打开薄薄的方便兜，拿着还有些热乎的烤地瓜，慢慢尝了几口，很甜，很香，似乎有一种熟悉的味道。这寒冷的天气，温暖的家，香甜的烤地瓜，让我想起了小时候家里的炉子。

小时候，一到冬天家里就会盘起炉子，爸爸盘的炉子在靠近土炕的地方有一个带门的洞，可以烤地瓜，晚饭后，放上几块生地瓜，慢慢等它们烤熟。爸爸是老师，最喜欢看书和买书，我们兄妹四个，在他的影响下，也喜欢读书。爸爸每次买了书，一家人争先恐后抢着看，爸爸便决定由一个人读，其他人一起听，读完后大家就开始讨论，各抒己见。

冬天的寒夜里，风呼呼地吹着，雪花飘着，我们坐在炉子旁边，一边读书，一边等地瓜烤熟。熟了的地瓜，皱巴巴的，特别劲道，味道也特别香甜。

那时候家里条件不好，烤地瓜成了我们必不可少的零食，整个冬天都不会断。记得有一次，我半夜里突然哭起来，一个劲说手疼，大家给我看了看，没看出什么异样，第二天早上我发现手上居然起了个大泡，细心的爸爸发现炕下有一小块烤地瓜，于是断定是我在睡得迷糊时去拿烤地瓜烫着手了。从那以后，爸爸就在炉洞门上绑了一道铁丝，晚上睡觉前他会把小门拧上，妈妈则嘱咐我们，晚上饿了别自己去拿烤地瓜，喊一声她会起来帮我们拿。

后来我们长大了，家里的土炉子换成了铁炉子，我们睡的土炕则换成了床，可那暖暖的土炉子，那香香的烤地瓜，却总在我的脑海中温暖着我。在我心里，那炉子那地瓜，是一个宝藏，那里装着一个家的温暖，里面有爸爸妈妈对我们满满的爱。而现在，在这寒冷的冬季，坐在温暖的室内，我看着眼前吃了几口的烤地瓜，想到了还在医院的爸爸，眼泪止不住地流了下来。爸爸何时能恢复如初，让我吃到爸爸做的烤地瓜啊！

（作者系山东淄博市作协会员、淄博市青作协会员）

虹桥下的邻里情

（夏杰）

在大铁锤沉重的敲击声和推土机刺耳的轰鸣声中，老宅所在区域的房屋变成了断壁残垣。在这里，我曾经生活了近40年。我伫立在废墟前，记忆中一幕幕往事如开闸的洪水喷涌而出。

老宅所在地名为虹桥下，紧邻江苏省无锡市的南长街。这里是典型的江南民居。20世纪50年代到90年代后期，老居民们大多为土著，不少

被拆迁之前的虹桥下

人还在同一家工厂共事。在这里，大家和睦共处，从朝气蓬勃的青年开始，造房砌屋、结婚成家、繁衍后代，到垂暮之年，直至走完人生，虹桥下也成了生命的最后"驿站"，他们可谓在此倾注了毕生的情和爱。以前的日子里，虹桥下的居民虽然并不富有，但朴实善良；生活虽然平淡，但过得踏实安心。

　　虹桥下的邻里情是热忱友好的。白天，每遇老天"变脸"，在一片"下雨了"的提醒声中，退休在家的老年人、倒班休息的成年人便快速收取在外晾晒的衣服，同时将竹竿上邻家的衣服收回家中并折叠好，等他们下班后奉还。别家要是来了亲戚朋友而恰巧家中无人时，隔壁邻居便会主动上前打招呼，问清关系、了解缘由后，热情地将客人请进自己家中，倒茶搬凳，或者代为传话，如同自己家的宾客一般招待。要是全家外出几日，把钥匙交给邻居是最放心的选择。这是临时的拜托，更是彻底的信任。

20世纪的商品供应证

那时邻里间"串门头"司空见惯。大人们吃完晚饭后，便相聚在面积相对较大的邻居家谈时事、聊趣事。每到饭点，小孩们则会端着饭碗边吃边去隔壁"借饭碗头"，邻居家长往往会夹上几筷子好菜给孩子。哪家若是偶尔改善生活，包了馄饨、烧了菜饭，邻居间共享美食似乎是约定俗成之事。一到过年前，"头脑活络"的人会早早获得消息，将春节期间凭票供应的情况，如几号机动券对应购买什么东西等内容"刻钢板"油印后，分发到每户人家。

虹桥下的邻里情是真诚无私的。如遇一家婚庆寿喜大摆宴席，邻居们便"总动员"，让出家中客堂，备好大圆桌子，配齐长凳椅子，奉献锅碗瓢盆。办事前后数天时间里，搭建帐篷、洗菜剖鱼、端盆刷碗之类的杂事，根本不用主人操心。作为回报，帮忙者可以在喜庆人家吃上几天。

若是邻居家有困难，大家更是纷纷伸出援手，绝对不会藏私。20世纪70年代，父亲在厂里因工伤事故烫伤了脚，有邻居得知后立即给了母亲一则方子，但里面要用到麻油。母亲一看愁眉不展，因为当时物资匮乏，麻油是凭票供应的，平时大家都珍藏着舍不得吃，只有逢年过节时才会在菜肴里洒上几滴。无奈之下，母亲抱着试试看的心态挨家上门求助。出乎意料的是，她仅仅走了10家不到，就凑到了大半瓶麻油。幸得邻家众人相助，终于解了燃眉之急，父亲也得到了有效治疗。现在每每提到此事，父母都感动不已。

这些往事，在邻居们看来也许是稀松平常的小事，然而正是这些小事，汇聚成了传统的美德、和谐的佳话、睦邻的篇章。

自从购买商品房离开虹桥下后，我每每回到这里，都感觉到那熟悉的环境、生活的气息、热情的问候、久违的声音，还是如此亲切和温馨……

居民们选择的安置房小区

如今，搬迁的虹桥下居民因安置房地点的不同而生活在城南市北。老邻居们，你们还好吗？易地而居，居住环境和生活条件大幅提升，宽敞明亮的住所、推窗见绿的风景、便捷舒心的设施，让大家感叹时代的进步、社会的发展、生活的美满。愿你们保持真诚无私的优良传统、互敬互爱的道德品性，和新邻居们续写和睦故事，共建幸福家园，再造一处处新的"虹桥下"。

虹桥下以质朴诚实的风气、崇德尚礼的氛围、亲如家人的环境，为我的成长提供了沃土，是我生命中不可或缺的一部分。也许要不了多久，虹桥下的地名将不复存在。这个地块也将紧跟城市建设的步伐而焕发勃勃生机。别了，可亲的虹桥下！再见，可爱的邻居！如今，抹去的是建筑，但丝毫磨灭不了记忆深处的烙印。虹桥下，你的小巷幽深，你的优雅清新，你的邻里乡情，让人思念、让人回味，更让人永记于心。

（作者单位："学习强国"无锡学习平台）

屋基
（曹进）

我家的屋基里有五户人家，为了收获时节晒谷子，屋基中间有一个很大的院子，那个院子在平时就是孩子们的游乐场。

以前，屋基很热闹，青壮年负责在田间干活，妇女们在家里洗衣、做饭、打草席，孩子们小时候在院子里疯跑，长大了去学校上学，放学后到河边捉鱼虾，好不快活。如果孩子们回家太晚，大人们喊着自己孩子的乳名回家吃饭。有时候孩子们会吵架，甚至打起来，大人们则立刻从屋里出来把自家的孩子拉回去，免不了一顿教训。

农忙的时候大家会互相帮助，今天你家打谷子，我这一家子都会来帮忙，男的下田收割，女的在院子里晾晒，孩子们帮忙做饭。遇到下雨，无论大人小孩老人都会冲进院子，推的推、铲的铲、扫的扫，以平时难以想象的速度把谷子收起来。如果"抢救"成功，大家都会互相逗乐；如果谷子淋湿了，可能会发芽，那也没关系。

农闲时节，屋基里时常充满欢声笑语，老人们会坐在院子里的樟树下打牌，偶尔也会因为有人耍赖吵起来。妇女们会趁着好天气洗衣物，那时没有洗衣机，晾晒之前她们都会合力把被子拧干。闲暇时，妇女们还会张罗着做一些豆花。

　　屋基里的大事小事都是一起办的,有喜事了大家一起张罗,遇到困难一起解决。如果谁家有孕妇临产或者老人生病,不管是什么时候,屋基里的人都会用最快的速度绑好"担架",把人抬到医院,那专业程度完全不输医院的救护人员。

　　后来,青壮年们纷纷外出打工或者去城里做生意了,大家都挣了钱,把土坯房换成了小楼房。为了自家孩子上学,大家都去了城里租房子住,最后都在城里安了家。很多年过去了,屋基里长了荒草,院子里也长满了青苔。

　　没想到,等孩子们都成家立业了,各家各户的心又回到了屋基。大家联合起来把屋基整修了,院子比以前更大了。周末,大家都不约而同回屋基搞"农家乐",时光好似倒流了一般,就这样回到了从前。只不过,我们已不再是孩子了,而我们的孩子们在新院子里欢乐地跑着、跳着……

（作者单位：四川省泸州市泸县生态环境局）

罗衣飘飘
（贾琦玲）

门"咯吱"一声在身后合上时，我们像脱了缰的野马，撒着欢儿向远处跑。野地里草儿在疯长，虫子在搬家，鸟雀在林间飞来飞去。这么多有趣的事，当然要比躺在床上睡午觉好得多。

儿时的我精力旺盛，又闲得发慌，趁着大人睡午觉时去掏鸟窝，直到把袜子磨破，也没够到树杈中间的鸟窝，反倒是在我纵身一跃之时，衣服被挂在树枝上，人重重地摔在了地上。这事儿想瞒着母亲是不可能的了。那块带着"伤疤"的衣服，直到我身体的疼痛全部消失，它还一直陪着我。我背着"伤疤"就像身后多了双眼睛，走到哪里想藏也藏不住。

物尽所用，是旧物最好的归宿。变废为宝，是对旧物施展"魔法"。小时候的衣服遵循这样一个顺序，先是家里老大穿，穿完老二、老三穿，最后实在影响美观，母亲就变身成"魔法师"。她把旧衣服拆掉边角、扯了缝合处，只剩平整的粗布乖巧地摊在面板上。一层层光阴混合着糨糊，重塑了新的生命。当它们"破茧成蝶"时，你完全想象不出脚下踩着的那双布鞋，曾藏着什么样的秘密。

第三章 真情暖人心

作者全家福

粗布花衣的时代，载着童年散落在光阴的河流里。

我们从一年添一件新衣，到一年添二三件。布料也有了变化，的确良衬衣在那时还是稀罕物。我的第一件的确良衬衣是母亲买的。

那年，拉着商品的小货车来到了连队，整个连队都沸腾喧闹起来，比过年都热闹。一辆不大的车，里面载着新奇的花花世界。大人、小孩把车围了个里三层外三层。

我看见一件淡黄色的衬衣，前襟绣着花朵，领口系着飘带，挂在铁杆上，被风吹得飘荡起来，蓝天白云都成了陪衬，我的一颗心也跟着飘啊飘，既欢喜又忧愁。于是，从未向母亲索要过衣服的我，忍不住开了

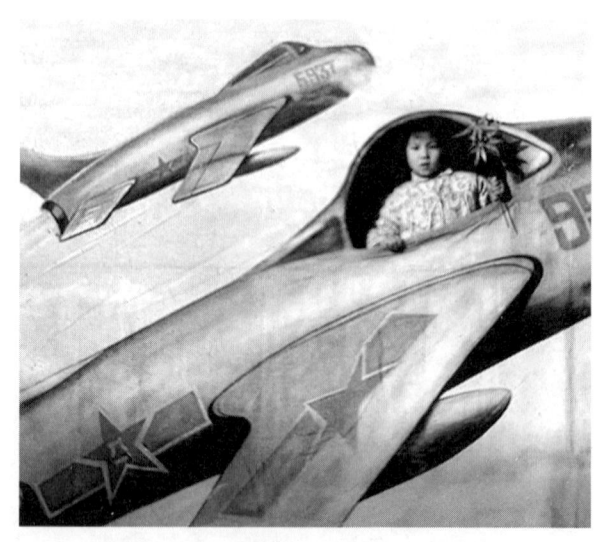

作者幼时照片

口。母亲答应了,我的世界顿时一片明媚。

我工作后,家里的条件逐渐好了起来,买衣服不再是奢侈的事。

我曾买过一件第一眼就打动我的衣裳,就算同伴说出它10个不好,我依然相信那第一眼的缘分。那件衣服上有蓝色的花枝,藤蔓牵绕。它带给我最初的惊艳依然让我记忆犹新。

我最喜欢也最适合的衣服,不是自己买的,是妹妹送的一条花裙子。桑蚕丝柔软的黑底上飘逸着大朵大朵娇且不艳的花朵。"罗衣何飘飘,轻裾随风还",那是人生最饱满的时刻,一寸一寸的时光里都住着春天,如窗外生机蓬勃的杨树。

我在回忆的河里打坐,所能忆起的衣裳,只是记忆的一角,它们静静地待在原地,就算我不曾去寻,一阵风都可以使我们相偎而坐。

(作者系新疆生产建设兵团第四师可克达拉市作家协会会员)

"不务正业"的父亲

（陈丽卉）

在我童年的记忆里，父亲是一个"果树迷"，总爱捧着果树种植书籍看。

父亲出生于20世纪60年代，高中毕业后，对果树种植萌发了兴趣。于是他在家读书，自学了很多果树种植技术。这期间，他被全家人和邻居认为是"不务正业"。

经过几年努力，"不务正业"的父亲苦心钻研，终于掌握了过硬的果树种植技术，被当地乡政府聘用，成为一名乡镇果树技术员。20世纪80年代正赶上当地农民争种果树，无论哪家的果园出现问题，父亲都会立马赶到，查找原因，然后耐心地为果农讲解解决的办法。父亲遇到现场解决不了的难题，回家后会连夜翻书研究，直到找到答案才罢休。到了20世纪90年代，父亲为了带领更多人致富，又开始摸索新品种果树的种植技术。

初夏的一天，父亲神秘地对我说："爸爸带你去尝尝一个新品种水果，是你从来没吃过的！"我兴奋地看着父亲，跟着他往爷爷家的果园里跑去，只见矮矮的绿色小苗上结满了红色带籽的果子。父亲告诉

作者父亲在果园修剪树枝

我,这是草莓。那是我第一次吃草莓,酸酸甜甜的味道让我印象深刻。再后来,一棵棵培育好的草莓苗被父亲分给了周边的果农进行种植。

有一次,我和父亲在三爷家串门,三爷递给我一块柿饼,我吃着柿饼,看着三爷家屋后的一块荒地出神。父亲问我在想什么,我说:"什么时候我们能吃上新鲜的柿子呢?要是这片荒地也能结出美味的柿子该有多好。"父亲笑我是只小馋猫,然后看着那片荒地,若有所思地说:"那我们就种一片柿子树!"

当天中午,父亲去了隔壁乡镇,回来时带了一堆树枝,然后带着铁锹、锄头、镰刀等工具去了三爷家的荒地。他认真清理那块荒地。我好奇地看着父亲忙活。父亲告诉我，在嫁接时每一小段树枝上都得确保有一个嫩芽。接下来的一段时间里，我放学便和父亲一起给树做嫁接。在确保果树成活后，父亲便把柿子树苗分发给果农们。第三年，村里人第一次吃上了新鲜的柿子。此后，柿子也成为全村人的收入来源之一。

成功嫁接柿子树，让父亲乐此不疲。于是，他开始在我家的果园里陆续尝试种植了苹果树、樱桃树、山楂树等，不到500平方米的果园子里种植了30多种果树。父亲成了乡里有名的果树技术"牛人"。

果园子对我来说简直就是个"百宝箱"，童年的我在这个果园子里品尝到了各种美味的水果，体会到了父亲对我深厚的爱。从父亲身上我懂得了努力、勤劳、奋进的意义，多年来，我也一直努力做一个像父亲一样的人。

父亲始终保持对业务的热爱之情，看书、实践。后来，父亲成为一名园林专业高级工程师。

现在，父亲的爱好更广泛了。工作之余，他还是埋头看书，研究他感兴趣的事物。这就是我的父亲，一位"不务正业"的父亲，一位让我尊重和自豪的父亲！

（作者系江苏省宿迁市泗洪县临淮镇居民）

"松痴"邻居

（黄选坚）

我家在顶楼，房子是20世纪90年代常见的建筑，十间联建，中墙隔开，顶楼上一边有个大阳台。如果每户不砌墙分隔，足以建成一个乒乓球场，这算是顶楼人家的一大福利吧。

当年装修时，邻居老谢过来找我，建议别把墙砌上，留着一脚就能跨过的矮墙。老谢站在自家阳台上跟我说这件事的时候，我正在同泥水师傅费力地拆除前任房主留下来的鸽子架——一个硕大的铁皮棚子，鸽子没了，但鸽子的气息到处都是，老谢远远地看着，欢欣鼓舞。

老谢家的阳台上都是盆栽，种满了各个品种的松树，从矮墙一路绕到他家的屋脊上。各种造型的松树一字摆开，赏心悦目，而我这边只有满是杂草的花盆。当年的状况大概是每到早晨，一大群鸽子在楼顶呼啸打转，不免有鸟粪掉下。老谢喜清静、爱干净，提壶浇水，常有抱怨。两家一家种花，一家养鸟，本来泾渭分明，但一动一静，实在有些难以相容。

老谢说起这些阳台上的烦恼事时，会提到我们这边的第一任户主，他自己的弟弟。那时候两边阳台上全都是松树，老谢直感叹那松树横斜

作者邻居在阳台上种植的松树

的盛况。不过,他对于我这个邻居倒是比较满意的,起码在阳台上没给他添麻烦。我把鸽子棚拆了以后,在阳台上铺了一层新的地砖,然后就没做什么改变了,空空荡荡的,只在闲暇的时候提着一壶茶,拿个平板电脑,或握一卷书,没碍着老谢种花植松的"正事"。而我也很乐意,站在阳台上,抬头能见一片天空,近旁能观松树,一片翠绿,不用自己动手也有盆景怡情。

松有百态,或立,或卧,或挺拔刚强,或摇曳生姿。我就见到有一株被风刮歪了的松树,被老谢拿棍子固定起来,用软铁丝缠绕起来,小心地养了两年。一修剪,就成了一株盘虬卧龙的好盆景。养松,在我的眼里实在是一个比耐力的技术活,首先需要对松树的长成有个猜测,然后大胆想象,小心修剪,用细丝捆扎,用阳光、水分进行引导,还要用锯子去掉一些枝叶。这和养孩子差不多是一个样子。刚做邻居的那阵子,老谢满怀热情地和我交流养松的心得,我听了基本就是"唔唔啊啊"的，很显然两个人在松树方面的兴趣爱好不是一个等级，交流了几次，他也觉得大概知音难觅，便作罢。

有一段时间，老谢不在家，他弟弟便过来照看阳台上的花木。看着他熟练地拿着水管从矮墙上跨过来跨过去，大概以前这种活没少干。老谢浇水就是拿着水管子绕着花、松树走，很少有跑到我这边阳台的，这也让我对老谢有些不满，水打在花木上，就会把一些枯枝、树叶冲下来，顺着水的方向就喷向我这边阳台。而我的阳台本来就空旷，他浇了水后，我这边就是一地树叶。老谢也知道，有时候会讨好地说，我帮你冲冲，却从来没有像他弟弟这样跑到我这边浇水。后来和他弟弟认识后，他弟弟告诉我说，老谢有腰伤，不能常弯腰。这种伤其实是不能干重活的，像种花也是一种体力活，老谢能坚持着也算是不容易了，跑到我这边阳台浇水，那个矮墙他就跨不过了。这种小误会，沟通了就会体谅，倒让我有些佩服老谢的韧劲。

很久没有在深夜里听到阳台上的动静，我有些挂念我的邻居了。所谓"远亲不如近邻"，在一起住久了，心气也能相通。茶余饭后，妻子会自问自答地说上一句，隔壁的出去很久了啊？有时候听到开门的声响也会竖起耳朵听听，然后失望地叹口气。

有天深夜，隔壁终于有了声响，门开了，阳台上的灯也亮起来。我打开门就看到老谢站在阳台中间，瞅着自己的花木——平时很少看到老谢这样的神情举止，都是一来不是浇水就是修修剪剪的。大概是离家久了，回来一慰思念之情。我出来跟他打招呼："老谢，回来了。"老谢便应了一声，说是因为要到上海照顾孩子，说不定要搬到孩子那边定居，这段时间就是去把房子给装修起来。"都是为了孩子啊。"我也跟着叹息一下。但是这些花木怎么办，我想老谢正苦恼着。他站在最喜的一株大阪松前，仔细地梳理着松尖，好久没有照看，有些上下松枝也变得不是很分明。人如松、松如人，老谢常常说松枝要有风骨，松尖要疏而不漏，只是无人照看的松树，成了老谢心头的一块心病。

对于松树如何搬到上海去这个烦人的事儿，老谢也没有多说。也许有一天，当我打开阳台的门，邻居的阳台上也如我这边这般空荡荡，那时，我心中大概会充满失落，但也会为老谢能够养松和顾家两者兼得而高兴。

(作者单位：浙江省瑞安市综合行政执法局)

我眼中的川藏线父子兵

（卢祥韵）

35年前，他的父亲在川藏线执行运输任务时不幸牺牲，被追授为"革命烈士"。那一年，他才5岁，隐约记得父亲对他讲过"好男儿志在四方"。于是，从小向往军营的他，坚定了长大后参军入伍继承父亲遗志的念头。他就是我的丈夫马智辉。

"兵站的小事在他心里都是大事，他在家里待不住。"母亲经常给我们讲父亲当年在兵站的事。"随军前的8年我们只见过四次面，一次相亲、一次结婚、一次探亲、一次大儿子出生。""1987年3月12日，他在家休假，本可以不用参加那次紧急任务，考虑到兵站任务重，作为副站长的他主动结束假期回部队执行任务。""结婚11年，我们待在一起的时间不到1年。有一次还因为他提前结束假期闹别扭。"父亲按计划乘坐执行任务的运输车回兵站，因天黑雪大，途经川藏线飞仙关时车辆坠入山谷，父亲再也没能回来，母亲更没有想到那天成了他们最后一次争吵……

"川藏线如同一条血脉，将我和父亲紧紧相连。"2004年9月，马智辉从军校毕业后在父亲生前战斗过的兵站报到时深情地说。高原的条件十分艰苦，他上高原10多年、辗转几个兵站，无论在哪个岗位都践行着自己最初的誓言，用实际行动告慰父亲的在天之灵。一个大雪纷飞的下午，他在日常巡查中发现油料管道损坏漏油，立即和战士们冒着大雪，在零下十几摄氏度的室外施工5个小时，修好了管道，挽回了损失，确保了安全。在参加维稳保障任务中，他圆满完成几千余吨油料收发任务，实现高危作业零失误、零故障、零事故。在保障百余台车辆、千余人吃住的紧急任务中，他带领兵站人员克服冰天雪地、高寒缺氧、停水、外出拉水等困难，准时准点、保质保量完成任务。在历时3个月、海拔4000多米野外驻训期间，他担任某保障营一队队长，承担野战兵站餐食保障任务，出动大量车辆，行驶4000余公里，保障万余餐次，饭菜品质得到驻训官兵的高度赞扬。入伍以来，他荣获三等功2次，多次获得优秀共产党员、"四有"优秀军官、优秀指挥军官、优秀政工干部、优秀基层主官、军事训练先进个人等荣誉。

"家里一切都好，不用担心，不用牵挂，你安心在部队工作。"这是每次视频我对他说得最多的话。我是一名退伍军人，深知军人保家卫国付出了更大牺牲。结婚10多年，我们都相隔两地，没有花前月下，没有长相厮守，每年一家人团聚的时间不到2个月。我怀孕的时候、生孩子的时候、孩子生病发烧的时候、辅导孩子作业的时候、需要加班无法照顾孩子的时候、被俩孩子折腾得筋疲力尽的时候……他都在部队，我逐渐学会了坚强，学会了理解包容，学会了默默支持，学会了无怨无悔，而孩子们也习惯了爸爸不在家的日子。军嫂这条路艰辛而漫长，是他们父子俩"献了青春献终身，献了终身献子孙"的精神一直激励着我坚守在川藏线上的高原小城，用柔弱的肩膀扛起家庭的重担，成为他"舍小家顾大家"的坚强后盾。

我家的"人世间"故事

马智辉一家四口

过去、现在、未来，我和丈夫都会始终践行听党话、跟党走的忠诚誓言，永葆革命军人忠心向党、初心不忘的政治本色，言传身教引导孩子们爱党爱国爱家，在风雪川藏线上奋力书写最美的时代华章。

（作者单位：中国人民银行甘孜州中心支行）

小泥炉

（孙建国）

对母亲的记忆有很多，我印象最深的是小泥炉。

儿时的农村远没有时下发达，烧火做饭的灶具也非常简单，有些人用三块石头就能架起锅做饭。做事讲究的母亲，做饭用的小泥炉简单精巧。

母亲做小泥炉时非常仔细，做泥炉的土是几里地之外的黄土坑里现挖的黏黄土。土坑很深，附近村子都要从这里挖土，日子久了便形成一个很高很陡峭的土崖。母亲取土很像现在攀岩，沿着坑壁斜刨出一排脚窝攀上去，我远远站在坑底看母亲像壁虎一样贴在悬空的崖壁上，一手扒住土窝，一手挥动镐头，侧身刨下中意的土块。"哗啦啦"落下土块，像下起一阵阵雨。

母亲把选好的土块装筐挑回家，在锤布石上细细敲碎，仔细筛出里面的小石子，在圆锥形的土上戳一个坑，浇上满满一桶水，慢慢浸透。第二天，母亲在土里掺上新麦糠，赤脚踹泥，我看着好玩，也进去掺和，母亲拉着我的手怕我滑倒。母亲踹泥很讲究，一脚一脚，横一遍，竖一遍，每一个脚窝都让泥、水和麦糠充分融合。

我在泥里上蹿下跳，踹得泥浆四溅，自己成了大花脸，母亲用粗布围裙擦去我脸上的泥点，打发我去墙根下铺一层干土，再拿一只水瓢扣在干土上面。

母亲捧来细泥，一层层抹在水瓢上面，这是做炉膛，上面有三个小巧的脚和一个放炉条的洞。炉膛晾晒半干，母亲把水瓢翻起来，用黄泥把炉膛加深，前面加一个炉唇续柴，后面开一个后门冒烟，两侧各钻一个耳洞，如此，小泥炉前后、左右、上下空气对流充分，非常好用。

我爱跟母亲一起干活，母亲干活的时候一定哼好听的小曲，没有歌词，只那曲调就足以让我入迷。母亲常说，当别人唉声叹气日子难熬的时候，她却能过得有滋有味。别人要么懒得做泥炉，要么做泥炉时摔摔打打，一脸怨气，母亲做泥炉时哼着小曲，是在精雕细刻一件工艺品。

母亲的泥炉特别好烧，因为里面加入了"快乐"。母亲经常做泥炉，村里哪位老人的泥炉不好用了，母亲就会做好送过去。母亲的快乐随着炊烟弥散在整个村子上空。

漫漫冬夜最熬人，母亲却能让它成为一种期待。母亲把一只泥炉放进瓦盆，再拿上几只土豆，泥炉里烧起玉米棒，旁边煨上土豆。母亲在跳跃的油灯火苗下纳鞋底，我和妹妹围在泥炉边一边听母亲唱曲，一边抢着翻一下烤土豆，寒冷的夜晚因为母亲的歌声和小泥炉变得非常温暖。遇到特别寒冷的夜晚，陪我们写作业的母亲会突然起身拿过来一只小泥炉，点燃炉火，拿上几只土豆，匆匆出去，再匆匆回来……

如今，母亲走了，小泥炉也没人用了，我的心底却永远保留一只小泥炉，旺旺地燃烧着，永不熄灭。

（作者单位：山东省青州市职工子弟初级中学）

流淌着爱的小店

（姜勇超）

"现在你是班干部了，要想着多帮助同学啊！"儿时的我坐在爸爸的自行车上，听着爸爸轻声对我说话，仿佛微风拂面。

爸爸是一个朴实勤劳的中年男人。1999年下岗后，他毅然决定开一家小店，改善我们家的经济状况。

他努力着，也做到了。

小店不大，卖一些五金货品，爸爸将店取名为"清牛五金专卖店"。我问爸爸，为啥取名"清牛"？爸爸说，牛踏实肯干，有了这股勤劳劲头，没什么做不好！还有，爸爸想干干净净挣钱，所以用了一个"清"字。

我不知道爸爸有什么样的生意经，小店开在一条陌生的小街道上，令我们全家都感到意外的是，生意竟然还不错，短短几个月，爸爸就接了几个"大订单"。当时，我和同学老师介绍爸爸的职业时，自豪地说，爸爸是个成功的商人！

爸爸为什么成功？我慢慢知道了答案。

2000年开始，妈妈因为单位变动，不能每天接我放学了。于是放学后，我就待在爸爸的五金店，也发现了爸爸生意红火背后的秘密。

春天，爸爸的店里多了一个小朋友，比我略小几岁，等我放学的时候，他已经坐在爸爸的店里做着作业。有时候关店晚了，爸爸就给我和他各买一个小面包。昏黄的路灯下，爸爸说："这是对面小区章叔叔家的儿子，他们下班迟，就把儿子放我这儿了，也给你找个学习的伙伴，多好！"就这样，一个原本陌生的小孩变成了我童年最好的学习伙伴。爸爸免费的"托管服务"也一直持续到我们上了初中。爸爸总说："想想章叔叔他们家的难处，就不由自主想帮他们一把了。"

夏天，爸爸的五金店门口总是放着水壶、一次性纸杯、竹椅。他望向远处，像是等着什么人来。不一会儿，几个不认识的路人走过，问爸爸能否坐一会儿，爸爸满口答应。没几天，陌生人就成了唠嗑的熟客。夏天的傍晚，爸爸的店门口总是聚集着一些人，坐着攀谈报纸上的奇闻趣事。爸爸总说："看着他们喝上一口凉茶，我心里就开心，明天我再多准备几壶。"

作者父亲（右二）和邻居们的合照

秋天，梧桐叶落满街道。爸爸得空了，时常拿起他的大扫帚，把店门口的街道扫得干干净净。环卫工人走过，总是调侃地说："每次经过你的店门口，我都能休息好一会儿！"爸爸还会把进货后的纸板箱打包好，每隔几天就送给收废品的老人，不要一分钱。傍晚，熟悉的垃圾车音乐响起，爸爸总是把一包一包垃圾分好类、打好结，再递给环卫工人。爸爸总说："我多做一点，别人就能少做一点。"爸爸这话一点没错，有时候小店门口的雨棚漏雨了，总有邻居主动过来修补，爸爸店里少点小工具也总能向旁人借到……

冬天，爸爸的小店门口总是摆着几个小筐，里面装着螺丝、螺帽、玻璃胶、502胶，还有老虎钳、扳手、电笔、三通等各种五金工具。原来冬天小区里经常有人家水管坏了，或者是家具开裂、家电故障等，他们都会来找爸爸借工具。爸爸就免费准备好这些小工具，以备不时之需。爸爸总说："这真的是举手之劳，其实我也是为自己方便，这些工具我也能用得到呢！"

春夏秋冬，四季轮回。爸爸的生意越来越好了，人缘也越来越好了。其实爸爸哪有什么生意经，只是他不求回报、不图私利，默默奉献着，对家人、朋友、顾客、邻居，都是如此。我亲爱的爸爸，他和中国千千万万朴实的劳动者一样，用善良和爱心温暖着这个世界。

心中有爱，缓缓流淌，不动声色，润物无声。在这间小店，在爸爸的言传身教中，我也渴望成为和他一样的人……

（作者单位：浙江省杭州市长阳中学）

毡筒靴

（曾秀华）

这天，我突然听到诗人李琦的《两串珍珠项链》，诗中有这样的句子："母亲说这么老了，皮肤都松弛了，和珍珠不再般配……"我忍不住泪流满面。

作者童年时与父母、姐妹的合影

19年前，母亲离世，当时我还在上中学。

记忆中，我从没送过母亲特别的礼物，只为母亲买过一双袜子，是用父亲给我的压岁钱买的。

母亲的袜子都很破旧，打着各种补丁，但它们总是被洗得很干净。从正面看，已经看不出袜子原有的花纹，只保留着袜子的形状，补缀上的各色棉布，透着温暖的微光。

阴雨天，特别是深秋初冬时节，为了节约储备的草料，母亲通常会将牛羊放牧至极远的山。她返回的时候，天往往已经黑透了。总在侧耳倾听的我，只要听见密集的羊蹄音，就会迅速冲出家门，打开院外的灯，再利索地打开羊圈门。往往是门刚打开，硕大的头羊就第一个冲进去。我以圈门的横梁垫高自己，踮着脚尖，大声清点着挤入圈栏的羊。走在羊群最后面的，是母亲。一路上，她凭借月色看顾羊，提醒每只羊别掉队。

一次，一只顽皮的小羊走失了，我在清点时并没有发现。直到第二天清晨，早起的母亲发现一只羊睡在羊圈门外，才知道头一天晚上走失了一只羊。不过母亲并没有责怪我，她说，羊很聪明，但它不会每次都能自己走回来。自那之后，每次羊群进圈后，我还会再清点一遍。

直到现在，羊争先恐后进圈的情形，还时常会进入我的梦里，它们鲜活地蹦跳着，巴望早点进圈。梦里最让我慌张的是迟迟等不来母亲……

那些初冬的夜晚，奔忙一天的母亲回来，先是将肩上的包袱卸下来，交给我。它们有时是还未织完的毛衣，有时是几只纳好的鞋底或纳完的棉鞋。有时，包袱里还会有母亲的哈萨克族姐妹送的酸奶疙瘩或新鲜的馕饼，这些东西，母亲总舍不得吃，留着给我们解馋。卸下包袱，母亲走进屋里，在绘着梅花鹿的小木椅上坐下来。

为了保暖，母亲每天出门前穿毡筒靴几乎成了仪式化的程序。她先是用热水暖好脚，然后穿上袜子，再从趾部到小腿缠上层层棉布，最后穿上圆圆笨笨的毡筒靴。母亲第一次穿毡筒靴，再套上父亲的军大衣时，我们都忍不住笑出声来。母亲没有马，她放牧完全靠双腿走。秋冬季节，为了吃饱肚子，牛羊会跑很远的路。牛羊走到哪里，母亲就会跟到哪里。

坐在小木椅上的母亲，脸色显得有些苍白。我端来热水后，会搭把手，帮母亲脱掉沉重的毡筒靴。毡筒靴是那时冬季必不可少的防寒用品，制作传统的毡筒靴程序烦琐，及膝的毡筒靴重量是普通皮鞋的一到两倍。看着毡筒靴，我十分心疼母亲。

可惜我所能做的，只是为母亲买一双袜子。

当母亲再也不用穿毡筒靴的时候，她已经到了生命的最后几年。母亲几乎没有一件像样的首饰，像珍珠项链这样的东西，似乎从未出现在母亲的生活中。可母亲留给我的记忆，就是我心中最大最明亮的珍珠。

（作者单位：新疆生产建设兵团第四师可克达拉市融媒体中心）

"宝书箱"的故事

（马彩红）

父母住的平房租出去后，我一直没有去过。父母不在那儿住了，但是父亲每年春天都会回去看看，给房子刷油漆，修剪榆树。老房子历经风吹雨打，依然坚实牢固。

父亲走的那个春天，租户搬走了，我陪母亲去了一趟无人居住的老房子，回来时我把父亲的"宝书箱"带回了家。

记忆里，父亲的"宝书箱"虽然有锁鼻，但是从来没上过锁，我们也从不去翻"宝书箱"，它是不可侵犯又带着几分神秘色彩的。

我擦去箱子上的灰尘，红色的底漆依旧鲜艳，箱盖上"宝书箱"三个黄色大字赫然显现，箱体两侧写着"学用结合""只争朝夕"。箱盖内侧，是父亲写的"为革命而学"，从这5个字，我仿佛看到了那个积极向上、斗志昂扬的父亲。

一个小红本映入我的眼帘，这是父亲的"五好战士"证书。父亲从小就立志参军，他的梦想始于他的出身和生活环境，我的爷爷就是一名军人。

1961年，父亲报名参军。父亲认真学习《毛泽东选集》，背诵《毛

我家的"人世间"故事

作者的爷爷

主席语录》，这本《毛主席语录》至今还被父亲珍藏在"宝书箱"里。参军的8年里，父亲当过通讯员、班长。1968年父亲转业，被分到内蒙古乌兰浩特运输公司做汽车修理工。

父亲在干好本职工作的同时，利用业余时间考取了驾照。鉴于父亲熟练的驾驶技术和娴熟的修理技术，父亲被派往吉林弯钩煤矿拉煤，那是需要技术和胆识的。那里的盘山路十分崎岖，稍有不慎，就有坠崖的危险。父亲展现了军人不怕困难、不怕牺牲的精神，半年后，父亲圆满完成了单位安排的工作任务，在春节前安全地回到了家。

1976年，河北唐山发生大地震，全国各地派人赶往救援，各个单位

| 第三章 | 真情暖人心

作者父亲（右）和战友合影

抽调的都是"精兵强将"，父亲再一次被选中，迅速赶往灾区。父亲既是司机又是装卸工，200多斤的救灾物资扛在肩上仍能健步如飞，再次发扬了为国为民排忧解难的军人作风。

1981年，因工作需要，父亲被调回内蒙古，拉着乌兰牧骑走遍草原，把欢乐的歌声和党的关怀送到农牧民的家。

"宝书箱"里有大姐"优秀团干部"、弟弟"三好学生"的奖章，有二姐"乌兰浩特一中"、我的"女子职业技术学校"的校徽，还有一直让全家引以为傲的"五好家庭"证书。

为了让我安心工作，我的儿子6个月大时，父亲就挑起了照看他的重任。也许是受父亲的影响，儿子从小就想当兵，他最崇拜的人就是我的父亲、他的姥爷。儿子大学毕业后，报考了消防救援，经过一系列的文

作者家的"五好家庭"证书

化考试和体能考核,他如愿以偿当上了消防员。

　　一样的情怀,一样的担当,军人都是在为国家的安全、人民的幸福默默奉献。

　　小小的"宝书箱"里,没有金银财宝,有的是父亲的梦想和家族的荣光,这些精神要继承、要发扬,我要把"宝书箱"永久珍藏。

（作者系内蒙古自治区兴安盟乌兰浩特市居民）

编草席

（周坤强）

我的老家在江西上饶杉溪，那里依山傍水、沃野连绵。明清时期，这里的人编的草席因柔韧清香、经久耐用而颇受青睐，远销各地。

父亲5岁时，我的祖母便离世了。父亲因家境困窘而辍学，迫于生计，便跟着邻居学编草席，这一编就是一辈子。

编草席最主要的原料是蔺草，我们习惯叫它席草。老家气候温湿、日照充足，适合席草生长。席草的草茎圆滑细长、韧性十足，加之色泽鲜艳、气味清香，是极佳的天然绿色植物纤维。

清明节前后，父亲开始在田里播种育苗，暑天，席草就成熟了。长长的、翠绿的席草，像绸带随风摇曳飘荡。那时，我和哥哥跟着父亲到田里收割席草，捆起来，挑到后山晾晒一个星期左右再搬回家。席草高过我的个头，我站在靠墙的木梯上，双手上下抖动，挑拣长的席草，母亲在一旁整理，一把把地扎好，收到阁楼上。

我家的编席机用柏木制成，席架宽约1.7米，高约1.3米。父亲把从打线车搓好的火麻线吊到上面的木杆上，以麻线为"经"，以席草为"纬"，一张1.5米宽的草席需要近百条麻线作经，数千条席草作纬。父

作者家的编席机

亲坐在木凳上负责压筘、夯实，他的力度要恰当，轻了则草席不紧密、不牢固，重了则草席失去均匀度。母亲负责对格、送草，她的动作轻盈、果断而有节奏。

在我看来，这种重复劳动单调枯燥，可父母在编席机前一坐就是大半天。父母分工合作，心意相通，每根席草也很"听话"，排列组合妥当。草席织好后，还要修边、排席、晾干、去屑，这样算来，从采收到成品，要经过十几道工序。有时父母从凌晨开始备料，一直织到半夜，虽然配合默契，但一般只能打两张席子。"织草席非常辛苦啊，需要悟性和手感。"父亲说。

20世纪80年代，杉溪家家户户忙完地里的农活以后，全家老小就编席子。手编草席柔软光滑，贴着席子会闻到阵阵清香，夏天用清爽凉快，可以一直用10多年。我家的席子结实耐用，父亲挑着席子几乎走遍全县乡镇。一张席子可以卖8到10元，父母一年能编300多张席子。父亲会耐心地交代买席子的人家如何保养席子。遇到开学季，父亲将席子挑到学校门口，看到农村学生生活困难，便会便宜卖给他们。

20世纪90年代后期，手工草席逐渐落伍，更美观的竹凉席、藤席和更高效的机器编织受到大家的喜爱。但现在仍有人怀旧，崇尚手工草席纯朴的乡土味和艺术气息，一张手工席子的价格已经超过200元了。

行走在这人世间，父母靠勤劳的双手编织着如梭的岁月，奋斗了一辈子、养活了一家人，坚韧地为我们编织出了安稳幸福的生活，那弥漫着蔺草清香的童年已深深地留在我的心中……

（作者单位：江西中烟工业有限责任公司广丰卷烟厂）

父亲与酒

（张波）

周末看电视的时候，这样一个故事吸引了我：20世纪60年代初，粮食紧缺，许多人都吃不饱饭，更不用说喝酒了，许多煤矿工人也断了酒。周恩来总理得知这种情况后，紧急约谈相关部门领导，调拨一部分白酒直接送到各地的煤矿，让煤矿工人能再次喝上白酒。

在大多数人看来，酒是可有可无的，甚至是有害无益的东西，这样的小事怎么会惊动总理呢？但我却知道，对于煤矿工人，特别是那个年代的煤矿工人来说，酒比任何东西都来得珍贵，它并非用来解馋的"零嘴"，而是驱寒暖身的"良药"。在深达数百米的地下，不见天日、阴冷潮湿，煤矿工人早晨穿上整洁干燥的衣服下井，下午上来的时候全身就布满一层潮湿的煤泥，看不出衣服的本色，甚至看不见皮肤的颜色。长期处于这样的环境下，体内的湿气聚积，往往会造成风湿等病症。这个时候，酒必不可少。

1983年，父亲成了一名煤矿工人。这是父亲第一次离开家门，虽然离家不足百公里，但当时交通不便、信息不畅，父亲足有大半年没回过家，甚至与家里联系也很少。父亲是爷爷最小的儿子，时任党支部书记的爷爷家教极严，平日多是责罚、管教，极少对几个子女表露关心。但想到刚刚二十出头的小儿子举目无亲，一个人在外地，且从事的是井下作业这种危险的工作，爷爷也按捺不住了。他偷偷地把大儿子，也就是我的大爷叫到身边，让他以出差顺道的名义去看望父亲。

在那个寒冷的冬天，父亲穿着厚厚的棉工作服，像往常一样坐着矿车下了井。工作过程中，一位同事误碰到设备开关打开了一个管道的阀门，高压水混着煤泥浆，朝着父亲的方向喷涌而来。来不及闪避的父亲被浇了一个"透心凉"，瞬间变成了一个"泥人"。身上的棉衣沾着水和泥浆，又湿又重，裸露在外的皮肤冰寒彻骨。周围的同事见到这副情形，连忙将父亲送回地上。当父亲从矿车钻出来的时候，大爷正在矿井口等着他。兄弟俩四目相对，眼圈都红了。回到宿舍换完衣服后，大爷执意拉着父亲回家："咱不在这儿干了，咱回家种地也饿不死……"但父亲终究没有跟大爷去。大爷回到家把见到的情况告诉了爷爷。爷爷沉默良久，只是一个劲地抽着旱烟。

一年后，机缘巧合之下，父亲调动回到了莱芜（山东省原地级市），工作单位离家不足两公里。在接风晚宴上，爷爷第一次为父亲倒上了一杯酒，而在这之前，爷爷一直不允许父亲喝酒。我不知道当时爷爷是意识到了煤矿工人需要喝酒驱寒暖身，还是仅仅是承认父亲成人了、立业了，我只知道从那时开始，酒就一直伴随着父亲。煤矿工人工作辛苦，收入却着实不高，所以父亲生活俭朴，饮食从来不挑剔，不管是瓶装酒、散装酒、高度酒、低度酒、山东酒、外地酒均可，至于下酒菜，更不必专门为他准备，就着一碟花生米、几片小咸菜，慢慢咂摸，喝得津津有味。父亲饮酒有节制，每天一顿，每顿一小杯，不过量、不贪杯，不在班中、班前饮酒。而父亲喝酒的时候也是全家交流最多的时候，半杯下肚，父亲的话也开始多了起来，一家人谈天说地，其乐融融。

一转眼，父亲已逾耳顺之年，从煤矿退休也已经10多年了，虽然不再用酒来御寒祛湿，但喝酒的习惯却一直保持了下来。现在的生活条件较数十年前不可同日而语，但父亲那艰苦朴素的作风却未曾褪色。每天晚上，父亲打开他存放酒的小橱柜，拿起里面的瓶子挨个儿摇晃，选出留存最少的倒入杯中，如果不够一杯，就再选一瓶掺在一起。这些"瓶子底"往往是款待客人剩下的，只要有这些，父亲就绝不会打开新的酒瓶。父亲经常开玩笑地对我说："做人就像喝酒，茅台能下肚，二锅头也能入口，要学会随遇而安，不能好高骛远……"得之淡然，失之泰然，处之坦然。呵，父亲从这酒里，喝出的分明是人生啊！

（作者单位：山钢股份莱芜分公司焦化厂）

父亲的毛巾

（魏峰）

父亲是一名兽医，在我童年的记忆里，他强壮而沉稳，内向而仁厚，用他的勤劳、智慧养活了我们一家人。母亲勤劳朴实，曾在文工团工作，扬剧唱得好听，把家打理得整洁有序。回顾那段平凡而温馨的时光，我印象最深的是父亲的毛巾。

家里的毛巾架有过几次更新，制作材料从竹子到灯管。在我小时候，屋后便是千亩竹林，竹子随处可见，手巧的父亲便用竹子做了简易的毛巾架。后来，我们镇上做荧光灯的企业多了起来，父亲就找到长度适宜的灯管代替竹子，用来做毛巾架。

逢年过节，母亲除了给我们准备新衣，还会带着我们大扫除，将毛巾用碱块擦拭后，放在锅里煮，用清水仔细涤清，然后整齐地挂在通风的毛巾架上。毛巾每人一条，挂在毛巾架上，由里到外排列。我是小儿子，最受宠，我的毛巾挂在最里面的位置。父亲的毛巾就挂在门边，我们路过，手脏了就会在上面擦一擦，毛巾上会留下黑乎乎的小手印。父亲不生气，乐呵呵地说："我每次洗脸之前，都要先帮你们洗脏手！"

父亲很注重我们的教育，会给我们定下读书计划，贴在毛巾架旁的墙上，完成一件就打一个钩。《钢铁是怎样炼成的》《十万个为什么》《长征》等书籍，就是父亲要求我读的。过年时家里张贴的对联，父亲也鼓励我写，写好后贴在大门外，让我充满自豪感。父亲还经常让我主笔，给远嫁湖北武汉的姑妈写信，介绍家乡的变化、我们家的近况和我们的学习情况。后来我能考上师范院校，与父亲对我的教育是密不可分的。

党的十一届三中全会后，改革的春风吹遍祖国大地，父亲看到了发家致富的机会。在父亲的带领下，母亲跟着他养蜜蜂、采蜂蜜、取蜂王浆。养蜜蜂不仅要掌握温度控制、饲料搭配、越冬管理等，更要懂得如何治疗受病虫侵害的蜜蜂，这个是父亲的强项。蜜蜂养得好，我家很快就有了不错的收益。母亲还作为发家致富的妇女代表，到我们县城领取了小镇上第一张"万元户"奖状。母亲一直珍藏着这张奖状。

作者父亲教母亲养蜜蜂

自从养了蜜蜂，父亲的毛巾就变成了蜜蜡的黄色，怎么洗都洗不白。后来，我们兄弟二人都成了家，经常在外。细心的父母给我们准备了毛巾，我的女儿最受宠，毛巾挂在最里面。挂毛巾的灯管不够长了，父亲的毛巾被挤出灯管，挂到了水龙头的旁边。

父亲呵护着一家人，那一条毛巾，无声地表达着父爱，温暖着我们的人生！

（作者单位：江苏省扬州市仪征市发改委）

第四章 月是故乡圆

YUE SHI GUXIANG YUAN

故乡的凤凰山路

（史振宇）

故乡有个好听的名字叫凤凰城（位于山西省朔州市平鲁区），故乡有座有名的大山叫北固山。我们打小就生活在这座山下，每每空闲之时，登山远眺，那山路如同凤凰展翅一般地绵延开来。世界如此之大，可少年的记忆永远走不出那里的大山，走不完那里的山路……

那百折千回的羊肠小道，成了村子、房屋、庄稼和大山之间的纽

北固山景区

带。听老人回忆，我的曾祖父就是沿着那条山路，伴随走西口的商队来到凤凰城购置田地，安居乐业的。我爷爷那一辈经历了战争，他加入了抗战队伍，南征北战。

父亲这一辈，全家以务农为生。全村人靠着那片贫瘠的土地，日出而作，日落而息。父亲在地头间，经历风吹日晒，容颜逐渐苍老。

20世纪70年代初，父亲找了份兼职，负责全公社的电话、广播线路"村村通"。他骑着自行车走遍了家乡的山路，自行车骑坏了好几辆，家乡的山路依旧曲曲折折。父亲迎娶母亲的那一天也是沿着那条山路，骑着自行车去的。山路见证了父母的爱情，也见证了他们的成长与艰辛，他们用勤劳把一个个日子填满。

那一年，109国道从凤凰城北通车了，多年的山路拓宽之后变成了宽阔的沙石路，连接了外面的世界。一条这样的公路缩短了人们出行的时间，通往县城的时间从半天变为两小时。山村开始热闹起来，国道如同凤凰翅膀，扇起这片土地上的尘埃，让生活在那里的人们燃起了希望。

20世纪80年代初，父母第一次从这里的山路走出。他们坐着长途汽车向北去了内蒙古呼和浩特，学习了黑白摄影技术；又向东去了北京，购置了摄影器材。他们开设了凤凰城镇第一家农村照相馆。可土地依然是他们的命根子，他们农忙时下地务农，农闲时给村里人照相。

农闲时，父母和三叔骑着自行车，沿着凤凰城的山路，跑遍了300多个大大小小的村庄，为人们照相。每到一个村，背景布一挂，用喇叭一吆喝，村里的人便蜂拥而至。照一张照片大约是三到五毛钱，如果谁手头拮据就先赊着，等打了庄稼兑了钱再补上，特别困难的老人，父母就不要他们的钱了。到如今，家乡周边村里的老照片大都出自父母之手。父母用镜头记录了农村的欢与喜，也收获了自己在凤凰山路上的事业。

少年时期的我，时常和玩伴们沿着凤凰山路玩耍。春天，野花盛开，百鸟争鸣，我们骑着自行车奔走在一条条山路上；夏日，油菜花黄，土豆花白，我们骑着黄牛嬉戏在一条条山路上；暮秋，我们步行在田间小道上，烧山药，捉蛐蛐；冬日，我们约几个小伙伴，沿着山路钻进村南头的王井沟，摘回了沙棘果解馋。

那一条条崎岖不平的凤凰山路上，留下了我们童年不可磨灭的记忆，也记录了父辈贫穷苦难的过去。爷爷在父亲而立之年就去世了，每年清明回老家上坟之时，父亲和我走在那条山路上，他总是沉默着，风在呜咽着，或许那条山路留给父亲的是一辈子无法打开的心结。

我上初三的那一年，在县城南的一个有名的中学读书。中秋节下午学校放假了，而我错过了通往凤凰城的一趟班车。下午5点，我想回家了，就顺路搭了一个拉煤的小四轮车。那个寂静的夜晚，凤凰山路上只听见四轮车"突突突"地响，一轮明月挂在天空。山路扬起的土夹杂着车上荡起的黑煤面。回家之后已经是晚上9点多了，此时的我成了一个黑黄土人儿。

国道依然是沙石路，只不过比原有的路平整了许多。记得我和爱人第一次回老家看望父母，恰逢在修路，我们从朔县（今山西省朔州市朔城区）启程，一路班车颠簸了四五个小时。回家后，我看到妻子崭新的衣服上全是土，脸上、额头和睫毛上也是。我早已经习惯了凤凰山路上的一切，她却一脸茫然，忍俊不禁。

20世纪90年代，乡乡通柏油路，村村通水泥路，昔日的凤凰山道拓宽后变成了全新柏油路。我来到朔州工作，父母也随我们到了这里生活，回家乡的次数越来越少。由于交通便利，好多村子里的孩子都到县城里读书，时不时地听母亲说，张家的孩子考取了大学，李家的孩子在

荣乌高速公路（朔州市段）

县城里找到了好的工作。

如今，荣乌高速公路经过凤凰城，还在那里修建了凤凰城出口。从朔州起程，仅用45分钟时间就回到了家乡。凤凰城的大街小巷道路全部硬化，北固山也重新修缮。

有一年清明节回乡祭祖，父亲早早地打电话过来，把我从被窝里唤醒。他怕我路上耽搁时间。我开车走高速公路，不到一个小时就回到了村子里。父亲倒显得有点诧异，他说，这么快就回来了？或许，父亲依然沉浸在旧时光里，那古老的凤凰山路，让他回忆了很久很久……

那天晚上，我听母亲说，父亲破天荒地唱起了在我童年时期他教我的一首歌：走在乡间的小路上，暮归的老牛是我同伴，蓝天配朵夕阳在胸膛，缤纷的云彩是晚霞的衣裳……古稀之年的父亲乐呵了，他豁然开朗，竟然像一个孩子。

父亲平时寡言少语，但时常拿故乡的凤凰山路来教育我们。他说，你看那山路，崎岖不平，弯弯曲曲，没有一条是笔直的，但它百折千回总会到达一个目的地，在沿途还可以欣赏到更美的风景。做人就应该是这样的，能屈能伸，发现美好，永不停息，最终实现自己的理想。

交通缩短了人们出行的时间，让无数个村落和城市快速连接在一起。而人一生都在路上走，不管走了多远，都无法走出故乡的那个圈子。它时常让我们魂牵梦萦。就连在国外读书的儿子都发来微信，他说很想家，很快就回国了，回来第一件事情就是让我带他到故乡的那条凤凰道上转一转……

（作者单位：山西省朔州市融媒体中心）

老屋的味道

（张国桢）

我的老家在山东胶东半岛的一个小山村。小村旁洙河蜿蜒流淌，岁月悠悠，载着我无尽的梦想流向远方。

我家的老屋坐落在村中央，房后是张家祠堂也是村里议事聚集的场所，老屋是父亲用泥坯、砖和石头砌成的。在那个年代用砖和红瓦盖成的新房屈指可数，我就是在新房落成的那年出生的。从我记事起，父亲就教导我们哥儿仨——"面对逆境要沉着，要有绝境求生的勇气""不要贪图一时一事之快，要对得起良心""家，是驿站，人在才有家的味道"……父亲和母亲面对困难从不低头。

春天，当河边柳丝吐绿，燕子还未北归之时，母亲撸下嫩嫩的柳叶，带回家后用开水浸泡冲去青涩，用花椒、大料浇上猪大油拌成馅，红薯粉里掺上少许白面，这样包成的包子成为我们春天里百吃不厌的美食；清明之后，麦田地里荠菜、苦菜、野茼蒿等野菜冒出嫩芽，母亲便在收工后挎着用荆条编成的篮子到田间地头挖野菜，挎着满满一篮子野菜经过村口的小河清洗掉泥土，控干水分后再提回家用干净的井水浸泡。我们先挑出嫩嫩的装盘，蘸上自制的黄豆酱，吃一口满嘴清香，就着野菜吃红薯干，红薯干也变成了美味。老屋的春天，飘溢着山野的清香。

夏天，父亲在清晨用麦麸皮拌上几滴香油攥成团，用纱布蒙在脸盆上，在纱布上掏一个洞，再把脸盆放在洙河不深的水下，一刻钟左右，里面就会有十多条小鱼，不一会儿就能收获半水桶的小鱼。母亲将小鱼裹上一层薄薄的面炸成金黄色，看着就让人垂涎欲滴。中午，父亲不顾农活的劳累，撸几颗未成熟的麦穗用嘴嚼出面筋，用豆角叶包好放在腋下，再取一根长长的竹竿，前头绑上一根细棍，将面筋放到细棍上，去捉柳树上的蝉。母亲将我们捉回来的蝉在柴火锅里炒熟、撒上食盐，这样烹饪的蝉嚼起来脆而咸香，在很少能吃上肉的年代成为打牙祭的上品。老屋的夏天，阵阵蝉鸣声中飘着鲜香。

冬天，万物肃杀，寒风凛冽。老屋的窗户用纸糊着遮挡刺骨的寒冷。我们不喜欢冬季，但我们又渴盼过年。母亲，在蒸着红薯、四周贴着玉米面饼子的柴火锅里，用祖母传承下来的秘制老汤熬上夏天晒好的豆角干、茄子干、葫芦干等，有时也用干野菜包饺子、包子。老汤冒出的香气拉近了"年"的距离，我们就在这种期盼里等来了"穿新衣、吃年饭"的好日子。

20世纪80年代，各家都在奔富裕生活，父亲作出了一个决定：让哥哥和我投笔从戎。我离开老屋，临上车时，父亲握住我的手："老二，保家卫国是我们的责任，不要局限在自家一亩三分地里。记住，越是逆境越考验人，吃惯了家的味道，到部队换换口味也好。"

离家已有三十载，老屋依旧在，只是家的味道于我已成奢望，留存在记忆深处。父亲离开我也有5年了，他的教诲时常萦绕在我耳边，就像熟悉的家的味道，滋润着我的心田……

（作者系北京市平谷区作家协会会员）

记忆中的蒸米粑

（张程）

在老家江西九江彭泽，一般乡下人家都会做一种米粑，我们叫作蒸米粑。蒸米粑收口处带螺纹边，形状似饺子，但比饺子的两倍还要大，口感软糯，味道层次丰富。即便是在外面吃遍各种特色小吃的游子，他们的记忆深处也会对家乡的蒸米粑念念不忘，那是一种特别的家的味道。

在我小时候，年初的花神节，各家各户清早就开始准备做蒸米粑。一大早，母亲把粉丝、干香菇和干黄花提前用水浸泡，然后把半盆萝卜洗净刨皮，擦成细丝，撒两把盐浸出萝卜丝的水分，再挤干备用。

母亲把五花肉剁成颗粒状备用，葱姜蒜切末，香菇切碎，粉丝和黄花剪成小段。一切准备就绪后，母亲在热锅里多放菜籽油，葱姜蒜下锅炸出香味，再倒进五花肉煸炒，然后按顺序下萝卜丝、香菇、黄花、粉丝，翻炒均匀即可出锅。接着，母亲会盛出一大半馅料，留下小部分撒点辣椒粉继续炒一下，因为父亲爱吃辣味的蒸米粑。炒完后，香喷喷的馅料就完成了。我和弟弟总是会被这熟悉的油香味儿吸引到厨房，非缠着母亲夹一筷子给我们尝尝。

蒸米粑

父亲将蒸米粉和好后揪一小坨搓成球按扁，放在抹了油的皮纸上，再盖一张皮纸，用特制的圆形木板用力一压，把米粉球压成薄薄的圆饼状，母亲则接过来舀一勺馅料放进圆饼里，对半折成半圆形，边缘收口处捏紧。母亲通常把不辣的米粑边缘处捏成螺旋状花纹，而辣的米粑边缘处直接捏紧。

锅里水烧开后，母亲将笼屉一层层地叠起来。蒸熟的粑皮晶莹透亮，隐约可以看到里面包裹着的馅料。小时候，我和弟弟还会挑食，只吃蒸米粑里的馅料，粑皮却剩下不吃，这时候母亲就会训我们："不能挑食，光吃馅料不抵饿；也不要浪费，不吃皮，那你们馅也不准吃！"

1995年初，我还在上小学三年级的时候，老家掀起了一股打工潮，父亲是医生，就带着母亲去了沿海城市开诊所，我和弟弟留在了奶奶家。在奶奶家，我们平日里很少吃肉，难得的一顿肉就是奶奶做的咸鱼。

转眼又到了花神节，记得那天，家家户户都飘来了蒸米粑特有的油香味儿，可父母还在外地开诊所，我和弟弟那年没有蒸米粑吃。上学时，我和弟弟经过一个太婆家门口，刚好太婆的孙女正坐在门口吃蒸米粑，她喊住我们等她一起去学校，我看到弟弟盯着她手里的碗咽口水的样子，连忙拒绝说："你饭都没吃完呢，我们还是先走了，你等别人一起去哈！"说完拉着弟弟就走，谁知弟弟甩开我的手，快速跑到她旁边的石槛坐下，笑嘻嘻地说："我等你一起吧！"弟弟说完还舔了一下舌头，我顿时脸一红，连忙跑过去拽着弟弟的胳膊就走，弟弟却倔强地挣脱着，大声喊："我不走，我不走，我要等她一起！"

声音惊动了屋里的大人，太婆从屋里缓慢地走出来，得知我们今天没吃蒸米粑，便给我和弟弟一人端了一碗出来。弟弟还小，不懂得什么叫难为情，端起碗直接用手拿起粑就大口地吃，晶莹透亮的粑皮包裹着圆鼓鼓的馅料，我透过粑皮看到馅料里的香菇，弯弯扭扭的螺纹沿着粑皮收口处蔓延着，像极了母亲做的蒸米粑，看到弟弟狼吞虎咽的样子，一阵委屈涌上心头，泪水模糊了我的双眼。

太婆见我盯着眼前的蒸米粑一动不动地掉眼泪，抚摸着我的头说："孩子啊，你母亲出门前肯定叮嘱过你们，不能吃别人家的东西是不是？太婆不是别人，别人家的不吃，太婆家的可以吃，放心吃吧！"太婆说完把碗塞进我手里。于是，我一边埋头吃着蒸米粑，一边任由泪水滴落在碗里。

过了几个月，端午节的时候，母亲就回了一趟老家看我和弟弟。她实在太想念我们，不顾父亲的劝阻，坚持一个人转了四五次汽车回来。

那天别人家都是裹粽子，而母亲则是买了很多肉，给我和弟弟蒸米粑。她说她看到我给他们写的信，想起我和弟弟在太婆家吃粑的样子，在房间里伤心地哭了一下午，恨不得插上翅膀飞回来。

蒸米粑出锅后，母亲把第一笼屉的粑全部装好，带着我和弟弟一起送去了太婆家。她一路上都在叮嘱我们，要永远记得别人对我们的好。那天从太婆家回来后，我和弟弟不再只吃馅料，而是连着粑皮一起大口地吃，母亲看着我们俩，又忍不住湿了眼眶。她一边叮嘱我们慢点吃别噎着，一边说："等我和你们父亲赚了些钱回来就再也不出去了，什么时候想吃蒸米粑都可以！"我和弟弟高兴地不停点头。

三四年后，父母亲回了老家，利用这些年的积蓄开了家诊所，随着诊所生意越来越好，家里的生活条件也变好了。只是全家搬到彭泽县城以后，母亲做蒸米粑的次数越来越少，因为厨房的空间有限，不像老家厨房的大锅大灶。

如今，县城里逐渐兴起了卖蒸米粑的早餐店，吃上一口蒸米粑变得越来越容易，蒸米粑不再是过节时才能享受到的美食。虽然比不了小时候家里做的那种味道，但每次我看到早餐店里的笼屉冒着的烟火气，都能想起记忆中的蒸米粑故事，它让我感受到家的温暖，告诉我现在丰衣足食的生活是多么来之不易。

（作者单位：江西省九江市彭泽县融媒体中心）

小山村的美好记忆

（郭丽华）

"在那遥远的小山村，小呀小山村，我那可爱的小燕子已回了家门……"一曲老歌《在那遥远的小山村》飞入耳畔，熟悉的旋律，深情的吟唱，不禁令我想起了记忆深处那座宁静安详的山村、那充满欢声笑语的童年和母亲那温和慈爱的笑脸……

20世纪70年代初，父亲作为军人干部，被分配到闽北邵武去锻炼工作。那里是一个偏僻的小山村，我和母亲作为随军家属跟随父亲离开了故乡来到异乡。那年我才4岁，村子的具体名字已记不清了，高耸入云的大山像慈祥的老人，将山村轻轻搂入怀中。置身于陌生环境的我，很不习惯，四周除了山还是山，人烟稀少，冷冷清清。母亲回忆起那一幕，说彼时年幼的我坐在床上大哭，一直嚷嚷着："我要回家，我要回家……"

那是一个燃料匮乏的年代，当地人生火做饭要用蜂窝煤，可是蜂窝煤都是定量供给的，很多人家蜂窝煤不够用。小山村四周是群山环绕，漫山遍野都是树林，当地人便就地取材，去大山里砍柴回来生火做饭。父亲每天都得准时去上班，砍柴的事自然落在母亲的肩上。妹妹还小，于是，我就成了母亲最好的小帮手。彼时的我已5岁，扎着两条小辫子，一摇一晃地跟在母亲屁股后面，一起进山去砍柴。大山里是密密麻麻的杉树，母亲利索地用柴刀砍下树后，挑了一棵比较小的给我扛。从山里到家里的路弯弯曲曲，而年幼的我竟然能够用弱小的肩膀，径直把一棵小树从山里扛回家，而且不喊苦不喊累。直到今天，回忆起往事，母亲仍不时对我的小侄女们念叨着："你们看，你阿姨多厉害，才5岁就能帮奶奶干家务活了，哪像你们现在这么娇气。"

扛回家的杉树往往要先晒上几天，父亲会拿来锯子将它们锯断，全部堆放在门外的空地上。过些日子，估计树已晒干了一半，父亲把它们一层层码好，堆放在门口的墙角。树段与树段之间留些空隙，让风儿和阳光能够钻进去带走水分。大自然是神奇的，很多木头会散发出自然的香气，钻进鼻孔，让人神清气爽。再过些时日，估计这些树段可以烧着了，父亲就会在清晨或是黄昏，用斧头将它们一块块劈开，父亲挥动着斧头，汗流浃背，母亲时不时递上毛巾给父亲擦汗。小小的我则在一旁，勤快地帮父亲把劈好的柴搬走，一块块整齐地堆放在厨房灶台的角落旁。就这样，每年深秋，父亲和母亲都会储藏柴火，可以用到第二年的深秋。

晚饭时间到了，母亲在厨房里忙碌着，父亲则在灶台旁给母亲打下手，往灶孔里不停地添柴火。粗细不匀的柴火在灶孔里熊熊地燃烧着，"噼里啪啦"的声音此起彼伏。一股诱人的甜香气味儿传来，钻进了我和小妹妹的鼻子里。我踮着脚尖望向锅里，是什么味道这么香呢？母亲笑眯眯地过来跟我们说："今天你父亲劈柴太辛苦，我买肉做了些肉包给你们解解馋。"然后母亲就麻利地端出蒸笼，掀开盖子，用筷子将肉包夹到我们的碗里，我们姐妹俩狼吞虎咽般吃下肉包。母亲又用碗单独装了几个肉包给邻居家送去，回来时碗里装满了鸡蛋，母亲笑着说："这鸡蛋是邻居大妈自家养的鸡生的，非塞我碗里不可，说是你们正在长身体，吃鸡蛋可以补充营养。"

小山村一年中最热闹的活动便是打板栗节了。秋日，正是板栗丰收之时。满山的栗子树上，一个个绿色、黄色的小刺球挂在茂盛的叶子中。在阳光的照射下，有些刺球张开了圆圆的刺团，露出里面的板栗。男人们照例爬到树上用长竿打栗子，板栗像下雨一样"哗哗哗"地往下掉，落在地面上啪啪作响。一阵"板栗雨"过后，地上满是一个个"小刺猬"。这时女人和孩子们便蜂拥而上去捡板栗。捡板栗不能着急，否则，"哎呀"一声，板栗上的刺便毫不客气地扎到手。我和小伙伴们有经验，用手不行的话把脚也用上，踩一脚，一颗颗饱满的板栗从刺团里被踩了出来；也可以捡一块石头把板栗硬壳敲开，里面有一层毛，把毛扒开，就露出黄黄的果肉，放到嘴里，吃起来脆脆的、甜甜的。大约一个小时后，我和小伙伴们便满载而归，看着满满一篮子的板栗，心里乐滋滋的。

长大后，我读路遥的小说《平凡的世界》，读到书中描写"打枣节"的文字："一吃完早饭，孙少安一家人就都兴高采烈地出动了……喊声，笑声，棍杆敲打枣树枝的声音，混响成一片，撩拨得人心在胸膛里乱跳。"我的眼前就立刻浮现出儿时小山村打板栗的情景，真是一模一样，不禁感叹，作家只有扎根于生活，扎根于土地，才能写出这样鲜活的生活体验。

闽北的冬天，下雪是常有的事，路面上结冰，人走在上面一不小心便会打滑摔倒，湖面上更是结了一层厚厚的冰。6岁的我开始读小学一年级了，学校离家有一段挺长的距离，我自己走路去上学。下雪天，没有手套也没有暖手袋，母亲担心我路上冻坏手到学校写不了字，不知从哪儿给我整了一个挂点滴的玻璃瓶，里面装满热水，用毛巾包上，我就抱着这个母亲自制的暖手瓶去上学，到学校的时候手里还是暖暖的。现在过冬有羽绒服有暖气，可是，我总怀念那个暖手瓶的温度。

3年的时光一晃而过，父亲转业回到家乡。来的时候还哭闹着要回家乡的我，竟然又哭了，不过这次是哭着不愿意离开这里。仅仅3年的时间，让一个小孩子把异乡当故乡。我想，这大概是因为这个小山村的宁静与淳朴吧，生活虽然清苦，却始终充满温馨和欢乐。

"卖板栗喽，香甜的板栗！"又是一年秋到来，街头巷尾的小卖店在卖炒板栗。板栗颜色金黄、油光发亮，散发着诱人的香味儿。在摊前驻足，轻嗅栗香，我仿佛望见那个遥远的小山村。

（作者单位：福建莆田第一中学）

青石板上的下河塘

（徐铖浠）

如果不是翻看当年的照片，我对江苏无锡梁溪区下河塘的记忆已经模糊了。水多、桥多、巷多，这几乎是身处江南古镇的感受。这里的风景总是诗意得让人向往：半塘浓墨，一湾清浅。细雨绵绵的春季，青石

细雨绵绵的下河塘

板的道路两旁布满了青苔，古桥和老宅倒映在河面上，在余晖和涟漪的晕染下影影绰绰。

小时候的我们，便在这里踩着青石板砖走东家串西家，镇上邻居在河边浣衣洗菜，时不时提醒我们看着脚下，别摔着、磕着，早点回家。

记忆中的下河塘

惠山直街与惠山横街的交界点就是惠山大门。横街口"人杰地灵"的牌坊高高矗立，这里就是上河塘与下河塘的"起点"，以龙头河为界，左边的是上河塘，右边的则是下河塘。小时候我最喜欢在这里和小伙伴们玩跳房子游戏，青石板砖铺就的巷道在灰墙黛瓦间蜿蜒向前，每隔几块青石板，就能看到在石板上雕刻着开采年份及铜钱图案的"界石"，或左或右错落其间。那时我们最好奇的，是下河塘里有一间西洋建筑风格的老宅，十分气派。老宅的正对面，有家"老虎灶"，平时家

惠山直街

我家的"人世间"故事

家户户用蜂窝煤烧水,到了冬天嫌麻烦,大伙便成群结队地来"老虎灶"排队打水,一趟打个两三瓶,够全家舒舒服服泡个脚,擦个身子。走到下河塘尽头,就是惠山直街路口了,路口两边栽种了法国梧桐树,沿街的民宅大门敞着,放满了各类手工艺品,有没来得及上色的惠山泥人、紫砂茶壶坯子,编好的竹凳、蒲扇等。每天早上6点多,这里就热闹起来,大家可能不买什么,但总要来逛逛才觉得不枉来惠山一趟。

下河塘的邻里情

下河塘的老式民宅里住着4户人家,我外婆是住在靠楼梯的那户,大家真是抬头不见低头见,特别是夏天,家家户户门敞着透风,谁家吵架了,谁家今天烧好菜了,都一清二楚。到了晚上,有些住一楼的人家就把小方桌和小凳子搬到外面坐着吃饭,吃完饭就坐在竹椅上乘凉、聊天。小孩子则是坐不住的,我们几个玩得好的,每天早早吃完饭,一溜烟就跑到龙头河旁,今天你带了弹珠,就趴在青石板上玩弹弹珠;明天

作者外婆绘于下河塘的《梦里水乡》

她带了沙包，就找两个力气大的男孩子扔沙包，其他人躲。还有的小孩子聚在一起跳皮筋、抽陀螺、捉迷藏，玩到天黑了才回家。住我外婆家旁边的刘阿姨，人特别热情，喜欢打麻将，每天下午，她就和几个退休的朋友坐在楼下的石桌旁，一边聊天乘凉一边打麻将。"以后老姐妹们要凑一起可就难了。"外婆搬家的时候，刘阿姨一边帮忙整理东西，一边感慨道。

2008年，惠山直街开始了改建。龙光塔、"人杰地灵"牌坊、龙头河以及两边凹凸不平的青石板砖都没有什么改变，这里依旧是我童年最熟悉的模样，只是年年岁岁花相似，岁岁年年人不同，下河塘的烟火气随着我的童年记忆，永远留存在那逝去的岁月中。

（作者单位：江苏省无锡市梁溪区惠山街道）

人间烟火处 最抚凡人心

（林丽娟）

"我深深地爱着，这片多情的土地……"当年还处在学生时代的我，最喜欢的是这首歌。而我爱着的，这片多情的地方，是我的家乡——福建莆田南日岛。在我眼里，它是最美的人世间。

沧海茫茫之际，水光接天，有一山浮于日之南者，名曰南日。我的家位于南日镇港南村中的一个自然村，隶属于南日岛东半岛，背靠着山，面朝大海。

20世纪80年代出生的我，记忆中，小时候的家，有踩上去咯吱咯吱响的楼板，房子外壁由土黄色的石头砌成，屋内四壁是黄泥巴的墙，若是有纯白衣衫靠墙微磨，估摸片刻工夫便沾上一层纯天然的土黄。雨来时风起处，拥挤的屋内定有大桶小桶，滴答滴答地接着雨滴，和着浓浓的黄泥土味……

现如今，放眼望去，各家各户都盖上了一栋栋别墅，鸡鸭鱼肉乃是家常便饭，各色果品，应有尽有，再不用等逢年过节，盼来一桌佳肴。

家乡的海，虽美，却让我非常惧怕。小时候的我体弱多病，父母经常带着我出岛看病，在海边等候一天只进一趟城的船只。碰上退潮，船搁浅在那儿，父母便踩着海边的淤泥背着我上船。那小木船中的柴油味儿，是我记忆中的梦魇。那小小的船只在惊涛骇浪中挣扎几个小时，在海面上漂泊几个小时才能到岸的我，呕到黄胆汁都吐尽。

30多年过去了，现如今的南日码头，有宽敞明亮的候船厅，整洁、高大、坚实，有神气的南日岛1号、2号船，新型客渡船，等等。每日10个航班，载着岛上人的一个个希望、岛外人的一个个希冀，来来往往。

著名作家沈从文在《湘行散记》里写过，在婉转的橹歌声中，荡漾着生命勃发的生机。而我的家乡南日，在流转的光年里和轮渡汽笛声中，焕发着蓬勃的无限生机。落日余晖下的海平面处，天上云影如烈焰般燃烧，一架架高大的风车有序地矗立在海面上，那转动的风车叶，源源不断地把绿色的能源输送到各地。在流转的时光里，30多年前岛上的萧条转变成欣欣向荣的气象。

每当远离了故乡，我心里就牵挂起来，思念起家门口月光下和灯影里的大海。走过了少年、青年，走到了中年，我依然热爱着这个岛和岛屿上勤劳善良的人们。

（作者单位：福建省莆田市秀屿区南日中心幼儿园）

老家的杨梅树

（叶海静）

望着眼前黑里透红、圆润饱满的杨梅，我的思绪飘到了家乡的杨梅林，仿佛看到了那一群笑摘杨梅的人。

我的老家在浙江温州瑞安市高楼镇，这是一个小乡镇，镇上有许多小山丘。外公在山丘上种了很多杨梅树。每年杨梅丰收的季节，外公精心培育的杨梅树总能结出又大又红的果子。那一个个杨梅挂在枝头上，光是望着都足以生津解渴。

作者外公种的杨梅树

酸酸甜甜的杨梅，对我而言，便是童年的味道。外公家的杨梅在镇上是小有名气的，很多人都慕名而来。杨梅成熟的季节是每年家里最热闹的时候，全家人都会出动，帮外公摘杨梅。我也会缠着妈妈，要求她把我也带去。

摘杨梅需要竹钩子和编织篮子，这两样工具都是妈妈做的。妈妈爬树特别厉害，三两下就到树上，用竹钩子轻轻一钩，杨梅枝就过来了。妈妈把编织篮子架在树干上，随后，杨梅便一个个落入篮中。

妈妈在树上摘着，我就在树下品尝着，那滋味总能甜进我的心里。每次都要吃到嘴唇泛红、肚子鼓起，我才心满意足。

吃杨梅、晒杨梅干、熬杨梅汤、酿杨梅酒……家里四处飘着酸甜的香味。杨梅采摘时节短，一年就这么几天，能参与杨梅采摘令我万分激动。

每次讲起杨梅树，妈妈总是滔滔不绝。妈妈有4个姐妹、一个弟弟，都是外公一个人拉扯大的，家里也全靠外公一个人撑着。外公十分能

杨梅丰收

干，当过水泥工、粉刷匠，是一个勤勤恳恳的农民。

外公起先种的杨梅树只有一两棵，后来慢慢多起来，最后竟种出了一片杨梅林。杨梅的收成好，为家里减轻了不少负担。其他时候，外公也不闲着，种稻谷、养鸡鸭，偶尔干点散工。他为了这个家总是忙忙碌碌，从不停歇。

外公年纪大了以后，家里的杨梅树就交给了妈妈、舅舅和阿姨们打理。他们都知道这是外公的心血，所以也像外公一般精心打理着，一点不敢大意。但外公依旧放心不下这片杨梅林，经常过来逛逛，摸摸树干，看看树叶，偶尔浇灌一下。杨梅林是外公辛勤的象征。

如今，家里的杨梅林长得更加茂盛，收成颇丰。

由于"高楼杨梅"声名远播，镇上每年还会举办"杨梅节"，吸引了好多喜爱杨梅的朋友们。因为离乡工作，我总是缺席"杨梅节"，妈妈就会在"杨梅节"当天摘些杨梅快递给我，让远在外地的我也能吃到家乡的杨梅，享受节日的喜悦。

鲜嫩欲滴、甘醇甜美的杨梅是外公的心血，也饱含着全家人对外公辛苦一辈子的感恩之情。杨梅蕴含着我童年的味道，也蕴含着幸福生活的味道。

（作者单位：浙江师范大学附属丁蕙实验小学）

槐花的味道

（叶怀森）

"桃花开，杏花败，谷雨前后摘家槐。"每到槐花盛开的季节，我就会想起小时候妈妈时常哼唱的歌谣。那时候我们的生活并不富裕，槐花，就成了寻常百姓家饭桌上的美食。

以前，在农村，家家户户的房前屋后都会栽植几棵槐树。到了谷雨，百花争相开放，槐树也含苞待放了。这个时候，大人们会用长长的竹竿，顶部固定一个铁钩子，把自家树上的槐花枝折下来。我们小孩子就蹲在树下，把槐花从摘下的枝上撸下来，放在竹筐或簸箕里面。

要说槐花最好吃的做法就是蒸槐花窝窝头。母亲要烧开水，我负责添柴火、拉风箱。"呼嗒、呼嗒、呼嗒"，随着风箱的推拉，炉膛的火忽明忽暗地燃起来，10多分钟，水就开了，水蒸气从锅盖的缝隙中飘出来。然后，母亲就把一筐筐的槐花倒入锅中，用笊篱不停地翻动着。最后，母亲迅速捞出焯好的槐花，放进事先准备好的一盆冷水中，让其冷却。这个过程用我们的方言叫"榨槐花"或者"烫槐花"。

接下来就是制作槐花窝窝头了。母亲把已经焯好的槐花捞出，不需沥干水，按照一定的比例倒入少许玉米面，把槐花与玉米面充分搅拌，揉成面团，然后，再分出一个个大小均匀的面剂子。母亲用双手不停地团呀团呀，用大拇指慢慢捻着面团，做出精巧可爱的小窝形状。一个立体感十足的槐花窝窝头就做成了。母亲再逐个地将它们放进锅里蒸。

最后就是我最喜欢的环节了：吃。当我对桌上的香椿拌豆腐、老咸菜、土豆丝不再有兴趣的时候，我急不可耐地等着母亲端上散着热气的槐花窝窝头。槐花窝窝头刚端上桌，我们兄妹几个就争先恐后地拿起来往嘴里塞。母亲说："慢慢吃，别烫着。"此时，旁边的父亲已经三杯小酒下了肚，脸红润起来，笑眯眯地看着我们。

那时候的日子虽然贫苦，可一家人在一起也是其乐融融。

后来，农村处处铺了水泥地面，槐树几乎都没有了踪影。而如今家庭的饮食也已发生了翻天覆地的变化，各种食品不再稀缺，我们想吃槐花便可以到集贸市场上去买，只是没有了以前那种盼着季节、亲力亲为去采摘槐花的乐趣了。

每当槐花开放的季节，我还是要买上一些槐花，做一锅槐花窝窝头，重忆儿时的味道。槐花的味道，是童年的味道，也是家的味道。

（作者单位：山东省滕州市柴胡店镇人民政府）

铜罐饭香

（许学平）

合适的器皿能让饭菜更具风味，别具风情。我对老家的铜罐饭情有独钟。

铜罐饭是老家一种极具特色的米饭，起源于何时，早已无从考证。乍一看，铜罐饭平淡无奇，但由于铜罐密封能锁住米粒的香气，恰到好处的水、米比例能让米饭粒粒晶莹饱满，加之柴火烤制的味道，米饭入口后，唇齿留香。

父亲是制作铜罐饭的高手。每年采收山核桃的时候，为了节省来去山林路途上的时间，父亲都会早早地准备好铜罐，烧制铜罐饭。在铜罐中放入适量的大米，淘洗好就加入清水开始浸泡。快到中午饭点的时候，父亲就找一个开阔的地方生火。确定好铜罐里的水量，即可搁上石灶，用大火烧，然后慢慢焖制。此时父亲会手握铜罐手柄，每隔半分钟左右就转动换面，使各个侧面均匀受热。十几分钟下来，铜罐饭喷香出炉。一时间，香气弥漫，而我早已迫不及待地爬下了树，拿好碗筷，等待揭盖盛饭。年年采收山核桃，我都会问父亲哪天可以烧铜罐饭，悄然间它早已成了我的一种念想。

烧制铜罐饭

记忆犹新，我第一次吃铜罐饭是在小姑家。表弟和我同龄，每到暑假我总会去小姑家住上一段时间。小姑对小孩很是疼爱，那时家中虽然清苦，却总是想尽办法给我们弄些好吃的，找些好玩的。我和表弟白天打柴，晚上抓鱼捕虾，日子过得甚是自由快活。到了竹林，我们就像撒欢的猴子，东跑跑，西跑跑，摘摘野果。小姑在一旁开始给我们准备铜罐饭，"你们两个小家伙赶快捡些柴火来，一会儿烧好吃的。"等我们把柴火送到小姑身边时，小姑麻利地将腊肉、笋干、土豆、四季豆置入装好水、米的铜罐中，生火、焖制……我们就盯着小姑的一举一动。片刻工夫，香味就从铜罐中飘来。清风掠过，觅一清凉平坦之地，席地而坐，你一碗，我一碗，我们吃了一碗又一碗，有滋有味。30多年过去了，我依然记得那天我一连吃了五碗饭，用的是两根细小的新鲜树枝做成的筷子。我也至今记得，那一层薄薄的、淡黄色的锅巴咸香松脆。

几年前，母亲对我说起："家中的两样铜器——一口铜罐、一把铜壶，分家的时候，你们兄弟俩各选一样吧。"铜罐烧饭，铜壶煮水，功能不同，可是我对铜罐情有独钟。我虽早已过了想要大吃大喝的年龄，

铜罐饭

可是面对铜罐饭,我每一次依然会情不自禁多吃一点。

铜罐饭香。时光荏苒,铜罐也慢慢淡出了人们的视线,家中的小辈都已不知其为何物。我几次允诺妻子、女儿,要带她们也烧一次铜罐饭,到现在还未能兑现。

写着忆着,我突然间就有了一种冲动,等一个好天气,带上母亲许诺于我的铜罐,给妻子、女儿做一次铜罐饭……

(作者单位:浙江省杭州市临安区职业教育中心)

尤爱下雨天
（贾普方）

又是一个下雨天，窗外雨潺潺，我独坐窗前，听着雨穿林打叶，一声声，滴落下来。

雨水落在地上，也落进我的心头，我的心头泛起阵阵涟漪，往事也像雨一样，串成了串，连成了片，最后犹如洪水决堤，一泻千里。

小时候，我们家的院子里还不是水泥地，一下大雨，下水道的水不能及时流出去，就在院子里形成大大小小或深或浅的水坑，踩下去一片泥泞。我们没有雨伞，没有雨鞋，不能出去玩，就待在屋里。那时候没有电视，没有手机，但日子过得并不无聊。我们自己找书看，或者玩各种各样的游戏。

那时的我，尤爱下雨天。

因为平时地里总有很多活要干，下雨天，大人小孩都不用下地干活，我们可以享受全家欢聚的时光。我们想吃什么，都可以提，妈妈有空就做。我很喜欢吃妈妈做的凉粉，还有各种面食。因为那时候菜少，家家户户全靠变着花样做面食来改善伙食。

妈妈做饭时，姐姐在旁边帮忙，我也在一边打转，什么忙都想帮，又什么都做不好。姐姐就说我："去，别添乱了，净帮倒忙！"于是，我只好安安静静地看着妈妈忙碌，在看的过程中，我记住了如何做饭。后来我自己做饭时，虽没有人在旁边指导，但还算得心应手。

有时候，我们在堂屋看书，妈妈在厨房忙活。等饭做好了，妈妈站在厨房门口喊一声"吃饭了"，哥哥姐姐就行动了。有绿色胶底运动鞋的，就沿着墙角水少的地方去厨房；没有胶底鞋的就光着脚提着鞋走，然后再把脚上的泥冲洗干净，因为妈妈做的布鞋不能沾水。我还没上学，没有买胶底鞋，又不敢光着脚踩水，就由爸爸背过去，或者哥哥姐姐背着。在他们背上，我感觉自己就是世界的宠儿，真想时光慢一些。

下雨天小孩子最怕上下学，没有雨伞，没有雨衣。如果雨下得小，我们直接就冒着雨跑；如果雨下得大，爸爸妈妈就拿出之前留下的装过肥料的塑料袋，从一边用剪刀剪开，让我们顶在头上。我们把书包抱在怀里，一头扎进雨雾中，到了路上一看，好多孩子都是这样。

那种塑料袋雨衣也成了当时一道独特的风景。

等到了教室，大家的衣服多少会淋湿一些，但书包里的书绝对是干的。

后来姐姐教学挣了工资，买了一台电视机，放在家里给爸妈看。我就更喜欢下雨天了，我可以坐在家里把喜欢的电视节目看个够，可以和妈妈聊着天，听她讲那听了千百遍却总也听不厌的故事。我累了倒头就睡，醒来就能吃到美味佳肴，那真是一种难得的享受。

秋雨总喜欢下个不停。这时妈妈就要开始准备冬衣了，以免冬天到来时，孩子还没有足够的衣服保暖。我很喜欢妈妈给我量尺寸时，一面量一面说："又长高了，衣服又小了！"我们还喜欢围在妈妈身边，猜她正做的衣服是谁的，还有就是试穿做好的新衣服，那时的我们心里满是甜蜜。

小时候，房子漏雨就比较讨厌。一场雨过后马上放晴还好，如果阴雨连绵，那房子就遭殃了。我家常常是盆盆罐罐都用上了，桌子上漏，把桌子挪到别处，床上也漏，只能把铺盖卷起来。把盆放上面接着，接满了还要端走倒掉水。我有时晚上正做着美梦，就听妈妈叫："快醒醒！你床上漏雨了！"于是我迷迷糊糊地起来，换个地方又睡着了，真是"少年不识愁滋味"。但妈妈不敢睡，总是这边看看，那边挪挪。后来爸爸买了一大块塑料布，听广播说有雨，就提前把塑料布盖到房顶上，那样屋里就好多了。

后来，国家发展越来越好，家里条件也越来越好。老房子一个个拆完了，都盖成了新的，下雨的时候再也不会漏雨了。家里的电视机越来越大，生活越来越好。

可家里的人越来越少了，妈妈走了，爸爸走了。

我们也都背上自己的行囊，像船儿离开港湾一样，开始了四处漂泊。但不管人在哪里，总是会怀念故乡。

现在，我也成了妈妈，也有了更多的责任和牵挂。

听，窗外的雨又下起来了。人生也像这天气，不只有"春风桃李花开日"，也有"秋雨梧桐叶落时"，拥有时要加倍珍惜，失去时才不会过度悲凄。我们既然不能选择，不如就在晴天静观花开，雨天坐听落雨，在心中构想雨后又是艳阳天的诗情画意吧。

（作者单位：河南省新乡市延津县职业中专）

姥姥家的小院

（杨璐佳）

作为一名"95后"，我的童年是在山东聊城冠县这个小县城里度过的。从我开始记事起，每逢周末，妈妈就会带着我回姥姥家。

姥姥家在村子里，从县城到村里骑车要40多分钟。一开始，我还

作者（左一）和姐姐在小院里的合照

小,坐在妈妈的凤凰牌自行车的后座上,车子很高,车体是我最喜欢的紫色。车轮在路上发出吱呀吱呀的声音。阳光强烈的时候,妈妈会给我戴上有着大帽檐的帽子,我的眼睛睁到最大,探索这新鲜的世界。

那时候还是土路,一下雨,土路就变成了泥路,鞋底就会沾上湿润的泥。每次经过集市,妈妈都会买一只烧鸡或是一块香味四溢的酱肉。在这段路程中,我们还会经过一个木材加工厂。

"姥姥!姥爷!"

"佳佳来啦!"

因为担心姥爷年纪大了耳朵不好使,每次还没进门,我就大喊。姥姥家是小小的铁门,门洞是扇形,上面挂着蓝色的门牌号,红砖砌的房子,屋内房顶上横着粗圆木头做的梁。

小院子四四方方,坐北朝南,南墙脚下有一棵大枣树,一到季节,树上就长出来青绿色的枣子。枣树的两边分别是一棵香椿树和一棵枸杞树。屋门旁边有一棵无花果树,每次结果的时候我都要吃好几个,那味道香甜可口。在院子里,姥姥还种了一大片花,五颜六色的,有迎春花、栀子花、长寿花等。东墙的墙根下,是一个羊圈,每次吃完午饭,姥爷就会戴上竹编帽,拿上鞭子,赶羊去吃草。

夏天的时候,姥姥和姥爷会提前买好一大兜子西瓜等我。我坐在小马扎上,乖乖地等着姥爷切西瓜。吃完西瓜,瓜皮可不能浪费。姥爷会接着把它们切成方形小块,因为小羊喜欢吃它们。"姥爷,把瓜皮给我吧,我去喂小羊!"我立刻跑到羊圈外。看着小羊津津有味地吃着瓜皮,嘴巴一左一右咀嚼,我也忍不住学起它们的样子来。

北方人爱吃水饺,每次我和妈妈来,姥姥都提前买好肉、和好面。那时候做饭还都是大铁锅、大灶台,我用力拉着风箱,把刚刚折断的小树枝塞进火里。有时候烟很大，呛得我喘不上气，我却觉得好玩极了。

姥姥家还有一个生了锈的铁环。妈妈说那是她和舅舅、姨妈上学时候经常玩的玩具。我拿着长柄的铁钩，想要尽量保持铁环滚动，可惜我那时候还小，只能看着妈妈演示，小院里充满了欢声笑语。

我年纪小，对一切都充满好奇，每当我想跑去玩耍，妈妈就会带着我奔向田野。她告诉我，我们要一起去大自然里"找春天"。记忆最深刻的是春末夏初的时候，我放眼望去，田野里绿油油的。在田野里，我认识了小麦、棉花、玉米、苹果树，我还和姥姥一起在地里挖过花生。花生的根茎没有韧性，轻轻一扯就出来了。刚出土的花生又嫩又白，我边挖边吃，无比满足。

四季轮回，姥姥家见证着时代的变迁。随着社会的进步、时代的发展，县里积极实施棚户区改造，人居环境得到改善。我们去姥姥家再也不用经过漫长的土路，而是顺着美丽的清泉河，一路欣赏美景。姥姥姥爷也不再去放羊了，他们在清泉河北岸的健身器材上进行体育锻炼，或者在小广场上和其他老人乘凉聊天。旁边的篮球场，年轻的男孩子们汗流浃背、朝气蓬勃。

姥姥家的树、花、小羊、风箱虽然都已经不在了，但我最纯真的童年记忆将永远停留在那个小院子里，激励我前进。

（作者单位：山东省聊城第三中学党委办公室）

石头厝的记忆
（林志超）

当你站在福建省平潭岛的高处，极目远望，你定会对那高高低低的古堡般的石头厝感到诧异。它们无言地立在那里，听浪涛阵阵，任海风吹拂。多少岚岛人在这石头厝里繁衍生息，石头厝也记录了岚岛人的喜怒哀乐，承载着岚岛人的悲欢离合。

我的外婆，平潭岛上土生土长的老人，在这样的石头厝里生活了大半辈子。石头堆砌的墙，石头铺就的地面，窄窄小小的木格子窗像一只只眼睛嵌在墙上，不时发出嘎吱的声响。拔出门闩，推开掉漆的木门，石头厝内墙壁还未刷白，花岗岩拼起的纹路清晰可见。墙上挂着一枚古老的时钟，指针挪着年迈的脚步随着时间缓缓转动，走过了年年岁岁，走过了旧时光。

我依然清晰记得童年时随母亲到外婆家的经历。那是我第一次见到石头堆砌而成的老房子。懵懂无知的我向母亲闹起情绪，哭着要回自己的家。母亲很生气，抬手就要教训我，却被一旁的外婆制止。外婆蹲下身来，笑呵呵地捧着我的脸，灶膛里的火烧得正旺，我早已忘记当时外婆对我说了些什么，只记得火光将外婆的脸映得红红的。她布满老茧的大手轻抚我的脸庞，我一下就安静下来。趴在她的肩上，闻着她身上淡淡的柴草香，我不再哭闹，跟着她进进出出，开始好奇地打量这座"老古董"。

后来我才知道，修建这老房子着实不易。50多年前，外婆还领着子女住在深巷祖祠边的破瓦房里，没有水泥地板，没有像样的家具，一旦下雨屋子就会漏水。后来，乘着改革开放的春风，外婆家的生活也随之改善。那年，过了农忙时节，外婆一家就开始造新房子，已经成年的舅舅和两位姨妈是盖房子的主力。为了节省运送建材的钱，他们起早贪黑地往返在修建地和码头之间，迎着海风背回一块块沉重的花岗岩。外婆则和工匠们一起，踩着泥水，一块块垒着这大石头，也一点点实现她的梦想。这座房子的每块石头，都浸透着他们的汗水。很快，舅舅在这座新房里结了婚。泛黄的老照片里，新房干净清爽，房檐下飘扬着的红丝带和风中摇晃的大红灯笼，仿佛在海风中温柔地吟唱，唱着对新人的祝福，也唱着对未来美好生活的向往。很快，这房子里传来下一代的欢笑声，出现孩子嬉闹的身影。

外婆善良正直，一生都朴实节俭，而作为长子的舅舅也继承了这样的品质。盖新房和结婚欠下了一些债务，为了还清债务，舅舅扛起了家里的重担，工资的一大半都拿去还债，剩下的工资还要抚养几个年幼的弟弟妹妹，一年到头难开几次荤。那为数不多有鱼有肉的几餐，让母亲回味了大半辈子。母亲常常在饭桌上感慨："那时候家里一有小鱼干煮面，就能把我们兄妹几个给馋坏了！现在大鱼大肉再怎么吃，也找不到从前的感觉了。"艰苦的岁月并没有让他们放弃对美好生活的向往，石头厝里有兄妹相互鼓励的声音，有外婆和舅舅忙碌的身影。在这样家庭成长的母亲，面对困难时也多了一份达观从容。

老房子里的时钟继续走着，带着我回到童年生活的那个房间。我迫不及待地推门闯入，屋内的陈设依旧：两张熟悉的小木床，一个老旧的木书桌，一台黑白电视，墙上满是我少年时的涂鸦。我小时候很调皮，喜欢捏着一支蜡笔或者铅笔在围墙上、房间里，任何可以"板书"的地方留下字迹，还拉来村里的小朋友们"上课"，仿佛自己是个经验丰富的"小老师"。在我拿到师范专业录取通知书时，我仿佛看到当年的情景。外婆指着墙上的涂鸦，乐呵呵地对我说："瞧我们家宝宝字写得多么好看，外婆觉得留着挺好！宝宝要认真努力，将来当个真正的好老师！"

岁月不居，时光如流。舅舅和姨妈们相继离开了老房子，我也去往海岛之外继续我的求学之路，只有外婆还守着这座老房子。在老家，和外婆家一样的石头房子还有很多，正是这石头房子里宁静的烟火生活，构成了小城居民的独特风俗。

【作者系福建省三明学院文化传播学院20级汉语言文学(师范)3班学生；

指导老师：林琳】

"人间佳肴"解乡愁

（胡艺馨）

小时候我没少吃热干面，按祖母的话说，湖北武汉人的热干面，是真正"过日子的食粮"。

热干面

我家的"人世间"故事

武汉的大街小巷，家家饭店都贴上热干面的招牌，处处飘着阵阵热干面的香味，人人手上都端着盛着热干面的碗，如再配个三鲜豆皮、蛋花米酒，哪怕是搬把小凳坐在店前"街食"，那也称得上是人间至味了。

我父母都是湖北人，在武汉一所知名的高校读书时相识相爱，毕业后二人来到浙江杭州成家立业。我虽出生在杭州，却在武汉与祖母相伴度过我的童年时光。那时家中条件拮据，我们不得不节衣缩食，但勤快麻利的祖母从未让我饿过肚子。曾有一阵，我们日日三餐皆为热干面，加些青菜，最多拌点肉丝，最后我看到热干面就忍不住哭啼，却还是将其送入口中。"我们什么时候才能不吃面呢？""伢儿，苦的日子只要忍忍，很快就过去了。"

祖母坚信"缝缝补补又三年"。家里的陈设，几十年没变，父亲小时候用的蒲扇和竹床，又留给我度过了武汉的"火炉天"。

作者和祖母

后来，我来杭州读小学，跟父母团聚了。天南海北的菜肴我也吃了不少，但心心念念的美食，却只有祖母做的热干面。在我的强烈要求下，祖母来到杭州陪伴我和弟弟一段时间，又因为水土不服回武汉养病了，但她在杭州陪我的场景好似刻在我心中，她添了几根白发我都能细数。临别时，祖母将热干面的老方教给了母亲。此后，我也能在杭州吃上"武汉热干面"，足以解馋，但能和祖母见面的机会，却只有假期时和父母一同回武汉的短暂几天了。

"我跟你们说多少次了，不要花那些冤枉钱给我买什么补品。"我们刚进祖母家里，她就"生气"地吼起了父母，"两个伢儿都要读书，你们挣钱也不容易，我每天吃热干面不晓得多香！"我坐在儿时曾坐的藤椅上，望着父母在祖母面前"低头认错"的样子，既想笑，又笑不出来。父母对长辈、对我们姐弟俩出手向来"阔绰"，只是对自己"抠门"得很。父亲博士毕业后在杭州一所高校任教，午饭是从家里做好了带去学校的，如果工作太忙晚饭有时就吃中午剩下的几口饭菜。母亲有件白衬衫，穿了许多年，她说："这衬衫还能穿得上，证明自己这么多年没胖，这是一个舞蹈专业的女生最后的倔强。"

很快，我便闻到了热干面的香味。祖母的笑容依旧如我小时候那般和蔼，只是她的眉宇间又添了几丝纹路，熟悉的亲切感却丝毫未减。我低头看去，两根细长的筷子上盘着如金龙般的面条。"伢儿，为什么你在杭州住这么久了还是喜欢吃热干面？""因为这是祖母做的呀。""你的小嘴还是这么甜。"

摆在眼前的这碗热干面，不仅仅是一道"人间佳肴"，也是我儿时的美好记忆，更是祖母对我们的谆谆教导和拳拳关爱。

（作者系浙江工业大学附属实验学校学生）

家门口小路上的送别

（黄尚意）

又是一年清明时节，今年由于疫情防控，我清明假期未能回家。父母打来电话聊了一会儿，我脑海中浮现出上次离开家时他们在家门口的小路上送我离开的情景，这条小路见证了我们一家人的每一次离别。

我的家乡在广西壮族自治区一个偏远的小山村，四面环山，有一条盘山的路通到外边的县城。我和弟弟要走一个多小时的路程去县城上学。每周日，一家人吃过晚饭，母亲就用一个手提袋装好给我们带去学校的饭，边叮嘱着我们要好好听老师的话，边送我们到门口。我们走到小路的拐角，回头看看，他们依旧站在家门口望着我们。

这样的送别从我们初中一直持续到大学。我上大学时，到了节假日才回家。开学时，聚集了更多的亲人来送别，十几个人站满了家门口。我跨上父亲开的摩托车，跟身后的人道别。摩托车轮轧过已经铺了沙石的小路，发动机的轰鸣声，盖过身后家人们的嘱咐声，我还来不及回头，就已经拐过弯。

现在我在外地工作，回家的次数越来越少，节假日回家短暂相聚后的别离，更是感觉不舍。自己从家门口开车出发，父母在旁边指挥倒车，后备厢装满了肉、青菜、粽子、糍粑等食物。家门口的小路已经是平整的水泥路，还装了太阳能路灯，路两边是围了栅栏的菜地和果林。我缓缓从家门口驾驶出去，父母叮嘱说："慢点开车，到了报个平安。"在拐弯前，我踩住刹车，从后视镜看了看他们依旧在原地目送我的身影。

我家门前的这条小路，见证了一家人太多的离别，无论晴天雨天，无论四季如何更迭，无论走得多远，站在家门口送别的人和离开的人，都有着不变的牵挂和思念。

其实，别离不完全是伤感的，离开家的孩子在外面奋斗成长，家人在家乡守候支持。亲情会在经历一次次的别离后更浓厚、更珍贵，别离后的团聚也会更温馨、更暖心。

家门口的这条小路，更像是一条系带，维系着血浓于水的亲情，这条路时常提醒着出门在外的孩子要常回家看看。

（作者单位：国家税务总局百色市田阳区税务局）

裹满母爱的端午

（孙建书）

临近端午节，朋友送了我一盒粽子和咸蛋，包装颇为精致。然而，这种精致感让我很陌生，与儿时母亲做的那飘着清香味的粽子和色泽鲜亮的咸蛋相差甚远。

记得20世纪70年代初，父母带着我们从山西来到四川时，生活极为不易。母亲凭着一双勤劳的手，不但操持着全部家务，为全家做出一顿顿可口的饭菜，还要帮工厂糊纸盒贴补家用。虽然日子过得苦，但母亲逢年过节总会想方设法给我们改善生活，尤其是到了端午节，粽子和咸蛋一样都不少。

记得那时每逢端午节，母亲都会提前一个多月去一趟镇上，从卖鸭蛋的农妇那里挑上几十个蛋，回家后把它们洗得又净又亮，放进刷净的大瓷坛封口腌渍。由于母亲在腌渍时间上把控得恰到好处，煮出来的咸蛋个个蛋白如玉、蛋黄油亮；吃在嘴里，咸淡适中，风味鲜美。

但要说端午节的重头戏，还是当数裹粽子。端午节前两天，父亲会把糯米、粽叶等食材买回家，第二天清晨，母亲便系上围裙，开始了一天的"裹粽"之旅：泡糯米、洗红枣、拌肉馅、煮粽叶……一切都准备好了，母亲便叫上大哥、二哥、大姐、二姐、三姐围坐在装满粽料的瓷盆前，手把手地教他们裹粽子。青翠欲滴的粽叶在母亲手中娴熟地折叠、翻转，整套动作一气呵成。看着忙碌的母亲，我也跟着学起来，可笨拙的小手不听使唤，粽叶里的糯米就像流沙般漏个不停。看着我的"狼狈"样，母亲的脸上笑开了花。

经过一阵忙碌，七八十个由红线、白线缠绕的枣子粽、肉粽、白粽就堆满了簸箕，像极了稻田里丰收的景象。

三姐学得快，神气得像个公主，把我使唤得团团转："快，给妈端杯水来，要多放点冰糖。"我便赶紧跑去倒水。"快，给妈捶捶背，等下奖励你第一个吃粽子。"我便用一双小手在妈妈的背上捶个不停。"快，帮妈烧水煮粽子。"我又紧随母亲进了灶房。母亲一会儿盯着火候，一会儿又看看我，脸上挂满了甜蜜和幸福。

粽子的香味很快就在屋里飘散开来。母亲揭开锅盖，捏了捏粽子说："熟了。"我立刻捞起一个大的，顾不上烫手剥去粽叶，滑嫩的红枣与黏糊的糯米已经浑然一体。咬上一口，顿感滋味鲜美，满口飘香。在各类粽子里，我最爱吃肉粽，每次从粽子里吃出块肉来，都能乐得像过年一样。

母亲裹的小白粽也很有意思，只要打开粽叶，露出黄灿灿的小尖头，便能闻到悠悠的淡香。吃这种粽子，母亲总要配上一小碟红糖水；而我每次吃一个咸粽，都要再搭上个蘸糖的小白粽，入口便是满满的香甜。

如今，人们的文化生活更加丰富多彩，粽子、咸蛋的制作工艺和口感质地早已今非昔比。然而在我的心里，童年那朴实简单的端午节才是我最美妙的回忆，那裹满母爱的粽子才是我一生尝过的最美好的味道。

（作者单位：四川省监狱管理局）

第五章

JIAFENG YUN MIANCHANG

家风韵绵长

薪火相传"海关情"

（雷阳刚）

我的父亲朱维辉是一名"老海关"。小时候，我对父亲的工作知之甚少，只是经常看见他对着镜子一丝不苟地整理着装。那是父亲最细心的时候，他甚至会再三清理制服上微小的尘埃。紧接着，他会不断调整自己的领带，生怕歪斜一点点。最后，他会左三圈、右三圈地转身端详自己的仪容仪表，直到感觉完美后才会走出家门。

父亲朱维辉和儿子朱凯合影

母亲经常打趣道:"我们家老朱上班可比新娘子上轿的程序还要繁杂。"这时候,父亲总会憨憨地回应:"我这初来乍到,不得多学学规矩嘛。"

父亲入关后一直从事综合事务工作,很繁忙、很辛苦、很充实。二三十年前,许多文稿还得靠手写,于是一到晚上,家里总有两个男人"挑灯对战",我做我的方程式,他写他的大材料。我经常有机会看父亲写的文章,印象最深的就是他写的字。不仅是因为他的字确实金钩铁划、骨气洞达,更是因为几千字的材料几乎没有修改的涂痕,每一个字形态都清晰可辨。

我问父亲:"这么多字,每个字都写得如此认真,您不累吗?"他态度坚定地说:"如果我的字写得潦草一点、敷衍一点,不仅不尊重阅看的同事,还可能因为人家的误读误解而影响工作效率,甚至造成工作失误。"那一瞬间,我好像明白了什么。

我高考时,父亲热切地引导我报考关校。我一直觉得他是希望我子承父业,也如他所愿顺利考上了海关总署秦皇岛培训学校。本以为就此能开启一段"上阵父子兵"的温馨佳话,可在我毕业那年,父亲生病了。

生病后,父亲没有被病痛折磨的暴躁焦虑,有的只是"千里快哉风"的豁达豪迈。只要身体稍微舒服一点,他就会迫不及待地拿起钢笔,撰写自己的海关工作心得。我第一次看见父亲的字凌乱了,我知道,他只是着急了,想尽可能多留下一些对我有帮助的工作经验。

2001年,我接过了父亲的衣钵,进入他曾经为之奋斗的乐山海关工作,父亲的同事们纷纷主动帮助和关心我这个沉默寡言的"愣头青"。李哥悉心向我介绍工作职责,坚定了我对这份事业"始于初见,止于终老"的决心;黄姐热情地手把手传授我业务知识,眸眼之中的期待和赞

乐山海关关员朱凯对出口危化品进行查验

许让我本来悲怆的胸腔暖意满满；汤师兄总是有意无意地叫上我一起吃饭、爬山，给予我鼓励；党委领导每年春节都会拎着各种慰问品来到家中，拉着母亲嘘寒问暖，冲淡母亲的哀伤。

勤勉、正直、自律的父亲不曾辜负组织，而这个温暖有爱的"大家庭"亦从未忘记父亲。我突然明白，父亲执意要我投身海关事业，并不是为了让我子承父业，而是这里有志同道合的奋斗者，有惺惺相惜的好战友，有报效祖国的大舞台。父亲在这里找到了归属感，他想带我走进这个温暖的"家"。

父亲，请您放心，我一定会代替您继续守护好这个"家"，一切都会越来越好。

（作者单位：中华人民共和国成都海关）

书香一缕馨家风

（白建平）

家风是什么？它是儒家文化中的"诗礼传家""修身齐家治国平天下"，它是老百姓门板上镌刻的"忠厚传家久，诗书继世长"，它是历经时光洗礼的处世智慧，它是耳熟能详、代代相传的治家格言。

我的家风是什么？打开记忆的闸门，一个书香满屋的小院里，勤俭持家的父母亲，煤油灯下刻苦读书的我，牙牙学语便手不释卷的儿子……他们鲜活地跳跃到我的眼前，似翻动的书页，馨香了我的心海。

我的老家在乡下，虽说不是耕读传家，但因了父亲上学读书时攒下的一柜子书，我也算是身处雅室，在沁人心脾的书香中浸润，在父亲"书山有路勤为径"的唠叨中长大成人。

我偶尔翻一翻占据了我书房一堵墙的书柜，看见几本父亲留下来的书，激动、喜悦的心情简直难以言表。书的扉页上还留存着父亲刚劲有力的签名和我稚嫩的笔迹。书的折痕清晰可见，淡淡的樟脑香味丝丝缕缕地飘入鼻腔，记忆的触角伸到我以书为伴的空间里……

从有记忆开始，我就和书结下了不解之缘。

小学三四年级时，我已不满足于看那些浅显易懂的连环画了。有一天下午放学写完作业后，百无聊赖的我打开家中存放杂物的小房子的门，墙角处有个不大不小的红柜子引起了我的注意。我小心翼翼地打开柜子。噢，我惊讶地张大了嘴，满满一柜子书。除了父亲的一些课本，其余的都是小说。我翻看了一下，有《青春万岁》《在和平的日子里》《三里湾》《山乡巨变》《汾水长流》，最吸引我的一本书是《董存瑞的故事》。我把这本书拿出来，坐在门前的石台阶上津津有味地读起来。不觉天已黑下来，我的眼睛渐渐地贴在了书上，然后下地回家的妈妈把我推醒。

那个学期，我除了听老师上课，完成作业，基本上不和小伙伴们疯打疯闹了，一柜子的书在家里静静地等着我。董存瑞的英雄故事、雷锋助人为乐的精神深深感染了我，此时的我，虽然还不懂读书的意义，但看书多了让我明白了很多做人的道理。最明显的一点就是，我写的作文不再"干巴巴"的，老师没教过的一些词句常常出现在我的作文中，每次我写的作文都被老师当范文在课堂上诵读。老师代我把作文向报刊投稿，且屡屡登载发表。

我拿着登有我文章的报刊让父母看，高兴之下的父亲给予我的奖品就是我心仪已久的一本小说或者几本故事书。到初中毕业时，除了父亲那一柜子书，我自己也有了一柜子书，《说岳全传》《雷锋的故事》《红岩》《青春之歌》等等都在那个时候读过并收藏至今。

我买回《幼儿故事》《故事大王》等书籍让儿子翻阅。原先好玩好动的儿子，一拿到书便能坐下来安安静静地看一小时。

人常说，爱读书的孩子错不了。一个人经过多年的书香浸润，无论是启发心智、修身养性，还是人格养成，都会潜移默化地受到深刻的影响。儿子上学后，我专门给他购置了一组书柜，每年坚持给他订阅购买各种图书和刊物。多年下来，我和儿子的书摆满了整整一堵墙。受读书的影响，儿子从小到大心地善良，懂礼貌，对同学友爱，尊重老师，读书时是老师眼里的好学生，参加工作后是领导眼中的好员工。

我们一家三口人，我和儿子一直保持着读书的习惯。妻子是一名教师，教书、备课、批改作业之余，也喜欢从书柜中抽出一本书静静地阅读。

家风如细雨，润物潜心灵。好的家风会代代传承，福泽后辈。传承良好家风就是我们国家文化自信的真实体现，也必将成为我们国家繁荣富强、人民生活幸福的有力助推器。

（作者单位：中国工商银行山西省岢岚县支行）

父亲的信用

（王振升）

人无信不立。小的时候，父亲经常给我们讲商鞅南门立木的故事。他说："一个人活在世上，必须讲信用。"

改革开放前，由于我家人口多，我母亲去世早，我们经常吃了上顿没下顿，借粮借钱借东西是常态。借了人家的钱、物，父亲一定要打个欠条，如若逾期了，一定要有所补偿。借了家具，归还时，一定要再带点东西，不能"空还"；给集体放羊，羊丢失或意外死伤了，父亲就用最好的自留羊悄悄地赔偿；借了别人的书，就加紧看、抄，到期一定归还，如有破损，也要补偿。

1982年，农村推行家庭联产承包制后，我家粮食丰收了。父亲带着我们，用毛驴车拉上粮食进山还人情。我们逐个村庄跑、挨家挨户走，回报之前"一口饭"的恩情。回家的路上，父亲嘴里不停地念叨："总算了却了我的一桩心愿啊。"回家后，父亲站在门前的土梁上，眼望南山，痛痛快快地哭了一场！

父亲常说："应人事小，误人事大。"凡是答应别人的事，都要认真兑现。一次，父亲答应给60里外的亲戚家孩子结婚"说喜"，结果大雪封山，没有任何交通工具能让人出行。我们劝说父亲："雪这么大，您就别去了，多危险呀，亲戚家也会理解的。"父亲严厉地批评我们："这是做人讲不讲信用的事，就算天上下刀子也得去！"于是，父亲找了些破羊皮、破毡子，用草绳绑在腿上，挂了两根长棍，背上干粮，连夜出发。后来，听父亲说，他走了一整夜，直到第二天上午才赶到亲戚家，坚定地兑现了自己的承诺。

父亲年轻时被县上抽去修公路，学了修路的技术。回来后，他就给自己定了个目标：只要自己在，就一定让村子的路保持车辆通行。40多年，每逢下雨，父亲就像个勤快的工兵，身上披个麻袋，扛上铁锹，出现在村口的路边。遇上工程量较大时，他还要带上他的儿子、孙子一起干。为了提高修路效率，父亲自己花钱，专门买了辆手推车。

作者父亲修路用的手推车和铁锹

作者父亲在村口立的界碑

对于父亲修路的情景，村子里的人早已习惯了。父亲身体不算健壮，经常是路修好了，自己却累倒了。一次，村上的路被雨水冲坏了，几个村民议论："路又冲坏了，咋不见王记老汉呢？"我的几位哥哥扛着铁锹出来告诉村民："老人昨天修路受凉，生病了，我们替父亲修。"

父亲经常问我："咱们庄子啥时候能通公路？"弥留之际的父亲，听到屋外的机械轰鸣声，问我："啥声音？"我说："修公路呢！"父亲伸伸手表示要起来，我们就抬着父亲到修路工地现场，父亲用尽最后的力气睁开眼睛看了好一会儿。回屋不久，父亲就离开了人世……

以后，每当走在村口的路上，我就仿佛看见父亲扛着铁锹、推着小车在路边忙碌。前天，老家的哥哥打电话说村里的公路正在升级改造，下个清明节回家，我就能走上平坦的水泥路了。

（作者单位：宁夏回族自治区纪委监委驻自治区党委宣传部纪检监察组）

祖孙三代人 一脉政法情

（刘一娟）

我家祖孙三代的政法故事，要从一张保存了60多年的奖状开始讲起。

一张奖状

我家有一张老旧的奖状。这张奖状正中央是四面红旗簇拥下的毛主席头像，左右分别竖排印刷着"生产必须安全，安全为了生产"字样，手写体的正文写着"代承新同志在1959年司法工作战线上积极苦干、清廉务实、成绩显著，评为先进工作者，以资鼓励，希戒骄戒躁，继续努力，争取更大成就"。

1953年，爷爷代承新从西乡县第三区公所民政助理员岗位调入西乡县法院工作。

记得家里人讲过一个真实的故事，曾经有一位老乡拿着3斤大米，想让爷爷帮忙给自己的案子说情。这几斤大米，在当时的经济条件下弥足珍贵。爷爷义正词严地拒绝了，事后他说："我本是农民出身，生活条件艰苦，虽然现在成了干部，但不能忘记革命根本。群众找你解决矛盾纠纷，是出于对法律的信任。这几斤大米，肯定是他东借西凑的，我坚决不能占群众的小便宜。"

爷爷在县城没有住房，退休后回到了农村老家，和奶奶在三间土坯房里安度晚年。他凭着对法官职业的忠诚热爱，对人民高度负责的态度，秉公执法、清白做人，矢志不渝地实践着自己的信念和追求，用一生守护着人民的公平正义。

一把口琴

我在家里收拾东西的时候，发现了一个黑色的包，里面有一把老式的铁皮口琴，上面还用刀刻着一个"俭"字。这把琴，陪伴了父亲代长有的一生。爷爷奶奶有6个孩子，早年生活条件艰苦，一家人省吃俭用把年龄最小的父亲送到学校读书，其余的兄弟姐妹都在家务农。1978年，22岁的父亲带着这把口琴到青海参军服役，3年后他光荣退伍转业回到地方，进入西乡县法院工作。在那个百废待兴的年代，任何工作的开展都绝非易事，基层司法工作更是如此。父亲利用休息时间恶补法律知识，为干好工作打下坚实的法律基础。

那时候，法院基层法庭的办公条件极其简陋，为了办理一个案子，父亲和老庭长经常步行下乡十几天，吃住都在老乡家里。淳朴善良的群众听说干部要住在自己家里了，纷纷邀请他们吃一顿饭，或者悄悄塞一些农产品给他们。父亲特别注意这些细节，他总是自己带着粮食、生活用品，坚决不给老百姓增加负担。不仅如此，工作之余他还主动挽起裤腿，帮助老百姓下田干农活。父亲在基层法庭忘我地工作，起初他没有在意身体的不适，觉得自己年轻，忍忍就过去了，在家人的强烈要求下，他才去医院做了检查。谁知，从检查确诊到病情恶化不过半年多时间，父亲年轻的生命就永远定格在了32岁。父亲一生几乎没有留下存款，他微薄的工资除家用外几乎全都补贴在了乡亲们身上，只留下了这把口琴，诉说着他清廉、正直、乐观的品格。

一份责任

2012年，我通过公务员考试，进入西乡县法院沙河法庭工作，并与在派出所工作的代立晖相识。后来，我便成了代家的儿媳。

听着家人讲述爷爷和父亲的故事，体会他们在工作中遇到的困难和艰辛，我也逐渐了解了自己的责任，要让父辈精神在自己身上传承，为法治建设尽一份力量。进入法院工作8年的我，已开始懂得新一代法院人的使命。

坚守，只因对法院工作的初心未改；无悔，只因对人民的忠诚不变。夏日傍晚，我常漫步于河边，驻足仰望间，总会寻找夜空中最亮的星，那是爷爷和父亲在凝视着我，指引着我，给我奋进的力量。

（作者单位：陕西省汉中市西乡法院）

"鸭子锁儿"里的家风

(李正斌)

我们家有一只祖传的"宝贝",唤作鸭子锁儿,母亲一直将它视若珍宝,藏在家里最隐秘处。鸭子锁儿看上去平淡无奇,但它里面却承载着一个新中国成立前老党员的家风故事。

说起鸭子锁儿的来历,要追溯到100多年前。外婆的父亲是一名老裁缝,在那动荡不安的年代里,他用微薄的收入周济穷苦乡民,为革命的队伍送粮送物,因此乡亲们都称他为"乡贤"。外婆兄妹二人,在她的哥哥满月时,父亲为他定制一只外形如鸭子(压子)的银锁儿。在锁儿的背面,父亲特地镌刻了"崇德向善、持俭重义、推诚守信、克己明志"16个字,作为家规以训示后人。

在父亲的影响下,兄妹二人先后都走上了革命的道路,外婆的哥哥从抗日战争初期就开始为我党工作,以商铺店员的身份作掩护,秘密运送前线物资,1945年被国民党反动派残忍杀害,鸭子锁儿成了他留下的唯一遗物。1947年3月,年仅18岁的外婆谨记父亲的教诲,继承她哥哥的遗志,毅然加入中国共产党。后来,她配合组织开展土地改革,发动妇女做军鞋、做烧饼、煮鸡蛋,带领民兵抬担架护送伤员,乔装打扮为党组织送情报,成为一名出色的支前女模范。那些年,外婆一直将鸭子锁儿带在身边,从中追忆亲人,体悟革命的道理。鸭子锁儿见证了她和这个国家的新生,也激励着她在革命的道路上坚定地走下去。

1950年,外婆与外公喜结连理,鸭子锁儿成了外婆的嫁妆,是压箱底的宝贝,上面的"16字家规"成了她做人做事的行为准则。外婆担任过生产队队委、公社党委委员,掌管生产队仓库钥匙,负责粮食、农具等集体资产的保管,十几年如一日,从未出过差错,是组织信得过、群众最放心的"大管家"。后来,外婆将工作的机会让给了年轻的同志,当起了普普通通的农民,守着自己的田地过日子。外公外婆育有四男三女,闲暇的时候,他们会给孩子们讲述鸭子锁儿的故事,以先辈的告诫启迪后辈,端正品行,严正家风。

每逢"七一"和春节,组织上慰问新中国成立前的老党员,这个时候外婆总是快乐得像个孩子,不厌其烦地向我们讲述慰问中的故事,她感谢党组织这么多年依然记得她,她说话的时候是那么专注认真,眼睛

作者的外公和外婆

里闪烁着光芒。2021年，中国共产党建党100周年，党中央对党龄达到50年、一贯表现良好的党员颁发"光荣在党50年"的纪念章。得知这个消息后，外婆紧张得好几天睡不着觉，几次让小舅偷偷去打听她是否符合发放条件。我想这个荣誉和鸭子锁儿一样，是她的精神力量，指引她在人生道路上踔厉奋发。

岁月不居，时光飞逝。当年镌刻在鸭子锁儿背面的字迹已经模糊，但"16字家规"却铭刻在家人的心底永不磨灭。在外公外婆的言传身教下，七个子女都秉承良好家风，诚实本分，大公无私。鸭子锁儿也从长子大舅传给了我这个长外孙，巧合的是，鸭子锁儿传到哪里，哪里就有党员活跃的身影，外公外婆如是，大舅夫妇也如是，现在我和妻子也已成为共产党员，我们都在不同的岗位上自律进取、拼搏奉献。在这个近50人的大家庭里，先后有十多名共产党员为了党和人民的事业奋战在祖国的大江南北、各行各业，他们都是鸭子锁儿的传承人。

2016年，江苏省泰州市开展"立家规、育家风、严家教"主题活动。我和家人一起与外婆商议讨论，在"16字家规"的基础上，进行了延伸拓展，使之更加通俗易懂，制订出"平等待人，和睦相处；师长有言，谦虚恭听；与人会面，微笑答示；遵时守约，言出必行；公共场合，勿失仪态；公共财物，不损不占"六条新家规。这个新家规被评为"泰州市我最喜爱的百条家规家训"之一。我将新的家规打印出来，和鸭子锁儿一起放在母亲珍藏的盒子里，永远保存下去。至此，跨越百年的鸭子锁儿又被赋予了新的生命，这不仅是一个家庭的印记，更是对新时代新使命的生动诠释。

【作者单位：江苏省泰州医药高新区（高港区）白马镇】

传承家书的力量

（张国平）

20世纪80年代初，我从山西陵川的一个偏僻小山村应征入伍，成为一名光荣的解放军战士。那时候，我与家里的联系主要靠书信。我是一名工程兵，担负国防施工任务，当时工作条件非常艰苦，而且十分危险。工作时我们随时可能会遇到塌方，每年都有战友因此牺牲。但为了国家需要，再苦、再累、再危险，我们也要义无反顾、勇往直前。

这些，我虽然写信告诉了父母亲，但每次都没写那么具体。我总是"报喜不报忧"，在信中告诉二老，我在部队一切都好，不必担心；我会好好工作，听党的话，不辜负你们的希望和家乡亲人们的嘱托。长期的通信，打消了父母亲的许多担心和顾虑，他们每次给我回信总是嘘寒问暖——吃得饱不饱？工作累不累？身体好不好？信中总少不了鼓励的话，写得最多的还是嘱咐我在部队好好干，听领导的话，和战友们搞好团结，争取早日加入党组织。信的最后落款是："祝吾儿一切平安，等你的好消息传来！"

到了第二年年底，由于工作表现突出，我光荣地加入了中国共产党，成为一名预备党员，我马上写信把这个消息告诉了远在千里之外的

1982年作者参军入伍时全家合影（前排中间是作者的奶奶）

父母。二位老人收到信后，很快给我回了信。他们先表示了祝贺，为我光荣入党而高兴，还说把我入党的事也告诉了乡亲们，左右邻舍和我们家里人一样高兴；接着让我千万不要骄傲，保持清醒，继续努力工作，既然选择了从军这条路就要勇敢地走下去。父亲作为大学生，文字功底深厚，每次写信字字句句都饱含哲理，令我佩服。母亲没那么高的文化程度，只读过几年的小学，她每次都要在信的结尾处补上一两句话："平儿，妈很想念你，你在外要保护好自己，别想家，听领导的话，好好工作。"

到了1985年，我转隶到具有光荣传统、立下赫赫战功的原北京军区第27集团军工兵团。1986年11月，我又随部队赴老山前线参加轮战，等我到了硝烟弥漫的战场上，才写信把我转隶、参战的事一一告诉了父母亲。

"烽火连三月，家书抵万金。"此前，没有写信告诉父母亲我参战的事，主要是怕二老担心。没想到，父母反倒格外冷静，在回信中写道："希望你在前线多立功，不用担心家里，你的两个弟弟和妹妹都长大了，有他们照顾，你就放心吧，我们等着你凯旋！"我在老山前线两年多的轮战中，勇敢顽强、不怕牺牲，冒着枪林弹雨用手中的摄像机记录了猫耳洞战士的真实生活；拍摄了侦察小分队与敌特工遭遇的珍贵镜头和一线阵地的地形地貌；拍摄了"排雷大王"郭富文排除一线阵地地雷的真实画面……前线指挥部看了我拍的实况录像后，为我荣记二等战功。我拍摄的108盘珍贵战场素材成为永久的资料留存了下来，我也因此被官兵们誉为"阵地上的摄像员"。两年多时间里，虽然环境极其恶劣、条件异常艰苦，但我和父母亲的书信往来始终没有间断，大概有70多封信件。父母的书信给了我战胜困难的信心和力量，鼓励我不惧艰难困苦、顽强作战。这以后，我带着两枚军功章，回到了阔别6年的故乡，当地民政局的同志将立功喜报和二等功牌匾送到我家里，把牌匾挂在了大门上。

然而，天有不测风云，人有旦夕祸福。在我当兵的第十一个年头，我和父母亲的书信往来有了变化，信的落笔处少了"妈妈"两个字。1992年12月，母亲因病去世，那一年，她只有48岁。当时，远在部队的我，收到的不仅有父亲的来信，还有拍来的电报，内容就是让我速回看望母亲。但是，我因外出执行紧急任务，直到母亲临终前也未能回去见上一面，这成了我终生的遗憾。

随着信息技术的迅速发展，人们的工作生活节奏加快，父亲也紧跟时代步伐，学会了操作电脑，能熟练使用手机发视频、发短信等。即便如此，80多岁高龄的老父亲，仍然没有丢下给我写信的传统。2021年的夏天，父亲外出锻炼，不小心摔坏了膝盖骨，到了医院，医生看到父亲年龄大，决定采取保守治疗的方案。那段时间，父亲打着石膏绷带，坚持在床上活动锻炼，还给我发了短视频，让我在部队安心工作，不用惦念他。后来，又专门给我写了一封很长的信，告诉我他每天怎么坚持康复训练，怎么下床由别人搀扶走路到自己慢慢行走，再到完全康复。我回信给老父亲道歉："不能在身边照顾，请原谅孩儿的不孝。"我欠父母亲的太多了。老父亲在回信中坚定地写下："你在部队要踏踏实实干工作，听党的话，不要为家事分心，影响了工作，家里有你弟弟妹妹照顾，不用操心。"

"岁月不居，时节如流。"转眼，我已当兵41年了，几十年以来，每当我看到这一摞摞的书信，总感到浑身有使不完的劲，这笔宝贵的精神财富成为我"牢记初心使命、不断砥砺前行"的强大精神动力。如今，书信这种传统的通信方式正逐步被现代信息手段所取代，尽管如此，我仍坚信，书信总会随着时代的变迁而不断被赋予新的内涵，传承下去。

（作者单位：陆军参谋部军事职业教育中心）

茶缘情深

（魏佑湖）

从记事起，我就知道父亲爱喝茶。

记得那个时候，父亲喝的是莱芜的"老干烘"，但由于家里生活条件一般，即便是喝这样的粗茶，也是一件很奢侈的事。最初父亲是用瓷盆喝茶，抓一把茶放入盆中，用滚烫的开水冲泡，然后用大碗喝，那确实是标准的大碗茶了。父亲不懂什么茶文化，但他知道喝茶能解乏消渴。父亲没上过几年学，但他懂得做人的道理，比如待人接物要诚心实意、做事要踏实、不要贪小便宜等。每当他喝茶时，我总是依偎在他身旁，听他讲做人的道理。

一年夏天，陈大爷给父亲送来了一包茉莉花茶。父亲不舍得喝，只有家里来贵客时才会拿出来。有一天我放学回家，父亲正和陈大爷喝茶，一进家门我就被茉莉花的清香味吸引了，人也变得勤快起来。陈大爷看出了我的心思，让我尝了一口，那清香甜润的茶水沁人心脾，至今我还难以忘怀。有几次放学回家，我偷偷把茶叶取出来沏上，也学着父亲的样子喝茶。父亲发觉后，狠狠地批评了我，教导我做人行事要光明正大，不要偷偷摸摸。这些话语后来成为我做人做事的信条准则，哪怕经历人生坎坷也不曾改变原则。

和父亲相比，母亲不但会喝茶，还会制茶。那时，一是家里条件有限，二是市面上也很少有卖茶的，所以母亲喝的茶大多数是自己炒制的。一年四季里，母亲春天用蒲公英、酸枣芽制茶，秋天用老的苦菜制作"苦丁"茶，还有槐花茶、车前茶，这些茶只需洗净晾干，用铁锅炒制即可。这里面，最讲究的是竹叶茶：将鲜竹叶洗净，沥干水后不用晾干直接放入铁锅炒制，炒制时若能加入蜂蜜更好。要是想茶汤黄绿，炒到竹叶由本色变绿就可；而若想茶汤颜色更深，就需要炒至深青。

母亲对父亲的包容更是影响了我终生。父亲脾气不好，时不时因为小事与母亲拌嘴，母亲却从不埋怨，每次去东北走娘家还会给父亲带些茶回来。记得有一次母亲带回一块黑乎乎的茶砖，父亲没见过这种茶，便放到了一边。母亲默默地收了起来，后来家里来了贵客，母亲拿出茶砖招待客人，被客人连连称好。

母亲做的茶，使清贫的生活变得有滋有味；母亲的身教，使我了解到，宽容是家庭和谐幸福的纽带。去年我的小家被评为山东省"最美家庭"，便是得益于母亲的言传身教。她教会了我如何看待人生、享受生活。

真情如茶，贵在甘醇；茶缘情深，历久弥新。愿这一生一世的茶缘，成为我们良好家风代代传承的基因。

（作者单位：山东省济南市莱芜区口镇党校）

母亲的收音机

（陈爱喜）

现在，我一听广播，就会想起酷爱听评书连播的母亲，想起收音机。

母亲虽然只有小学文化，但在20世纪70年代，母亲在我们村的妇女里也算是文化人。起初，我们家里没有收音机，每到晚上，母亲就领着四哥和我，到有收音机的人家听评书连播。尽管母亲人缘好，人家待我们也很热情，但母亲总觉得挤到别人家里听评书不方便，可当时家里经济困难，母亲实在没有能力买一台收音机。

那时，和我们同村的舅舅正在搞无线电研究，他看出了我母亲的难处，便自己组装了一台收音机送给母亲，这台收音机成了我们家的宝。母亲特别高兴，既为家里拥有了一台收音机而高兴，也为她弟弟郑玉林的聪明才干而高兴。舅舅的确是一个能人，他在我们十里八乡都是名人。后来，舅舅为我们村研制了一台发电机，给偏僻的小山村带来了光明。

自从家里有了收音机，母亲听评书连播的兴趣更浓了，不只是晚上听，中午也听。农忙时节，母亲忙完地里的活儿，中午回到家还得做饭，但即使再忙，母亲也要打开收音机听评书连播。在母亲的熏陶下，四哥和我也养成了听评书连播的习惯，直到现在，我们哥俩还经常听评书连播，前不久，四哥还推荐了《司马迁》和《人世间》给我。

现在条件好了，各种电子设备一应俱全，评书想什么时候听就什么时候听，想听几集就听几集。但那时的条件差，只有一台收音机，村里的无线电信号又不好，收音机经常跑台，听着听着就没了声音。好不容易信号好了，收音机的电量又不足了，我们只好趴在炕上，耳朵贴着收音机，只怕错过了精彩的情节。正听到紧要关头，只听得说书人手中的惊堂木"啪"一拍："欲知后事如何，且听下回分解。"这个时候，我们意犹未尽，也只能怏怏作罢，苦等第二天同一时间的评书连播了。有时，我们母子听完上集故事也会各抒己见，猜测下集故事情节的发展走向，免不了也会争论几句。

作者母亲在20世纪90年代初的留影

20世纪80年代初，舅舅组装的收音机坏了，那时家里的经济条件稍微好了一点，母亲下了很大决心买了一台收音机。母亲这种精打细算过日子的优良传统深深影响着我们兄弟姐妹。母亲在世的时候，经常对我们说："省下的钱就是挣下的。"普通人家，来钱处少，花钱处多，省点是点，积少成多，聚沙成塔。更为重要的是，这种精打细算过日子的家风一旦形成，就是传家宝，子孙后代享用不尽。

四哥和我跟着母亲听了很多评书连播，有单田芳的《杨家将》《呼家将》《薛家将》，刘兰芳的《岳飞传》《小八义》《樊梨花》，田连元的《刘秀传》《水浒传》《包公案》……这些经典评书对我们哥俩的世界观、人生观和价值观产生了积极深远的影响，也是我们文学的启蒙。这一切都得归功于平凡而伟大的母亲郑银香。

如今，母亲离开我们已经20多年了，但我们常常会想起母亲，想起母亲的收音机。尽管母亲的收音机早已不知去向，但母亲的言传身教深深扎根在了我们心中，良好家风已在我们身上传承。

（作者单位：内蒙古包头市包钢第八中学）

两粒山楂

（孙红胜）

小时候，父亲在外地工作，只有在过年时我才会见到他。现在虽然父亲已经去世多年，但是我脑海中关于他的记忆很深。

我眼中的过年，除了铺天盖地的鞭炮声和鲜艳的红色，不可缺少的便是置办年货。年货都是自己平时吃不到的糖果、蜜饯，也只有来客人了，母亲才会把瓜子、花生摆出来，我能沾上一点味道便已经是满心欢喜了。

过年的前两天，我拉着弟弟妹妹跟在爸爸妈妈身后，心中满是对零食的憧憬。在供销社里，我看见了许许多多的糖果，从来都没有吃过的饼干，包装精致的糕点，店里的东西让我眼花缭乱。尽管我不能拥有这些，但是我忍不住要碰一下，渴望的目光时不时落在那些零食上。

爸爸妈妈去买了一些苹果和橘子，我看着一旁红彤彤的小果子格外眼馋。我知道，这果子叫山楂，裹在冰糖里就是老爷爷在街上卖的冰糖葫芦。我挑了两粒又大又漂亮的山楂，然后偷偷塞进袖子里，若无其事般再将手放进口袋，就这样，两粒山楂就被我"收入囊中"。

我很紧张，心怦怦直跳，脑袋上冒了不少汗，瞟着四周想知道有没有人发现我的行为，可周围的人都在忙着自己的事，根本没有注意到我。"嘿！"妹妹从后面拍了我一下，着实令我吓了一跳，我的手护紧口袋里的山楂，结结巴巴地问她："怎么了？"她翻了个白眼，跑开了，我出了一身冷汗。两个阿姨在嗑着瓜子聊天，这让我稍微放心了些。

爸爸妈妈拿着东西去结账，我低着脑袋跟在他们身后，生怕从门口出去的时候，会被供销社里的阿姨抓起来。心惊胆战地出了门，我看了一眼身后，发现供销社被我远远地甩在身后，这才松了一口气，心里甚至还有几分得意和窃喜。我忍不住把那两粒山楂拿出来向弟弟妹妹们炫耀，爸爸看见了，皱起了眉头问："你这山楂是从哪里来的？"我兴奋地回答了他。可是，爸爸并没有夸奖我，他的眉头皱得更深了，不再说话。

我小心翼翼地吃着山楂，明明是想象中的味道，却并未让我格外欢喜，倒是路上沉默的气氛让我惴惴不安。回到家里，爸爸把我叫到一旁，对我说："你想要吃什么东西跟爸爸说，爸爸给你买，你不能偷东西。"我点点头，特别怕爸爸带我去认错，又或者打我、骂我，可是没有，爸爸直接去供销社为两粒山楂付了钱。从那以后，我便再也没偷过东西了。

爸爸妈妈的文化水平都不高，只能去做体力活来养活我们四个孩子。很多时候，爸爸妈妈吃饭只能就着咸菜；那样单薄的身体，却要去挑很重的砖和水泥；在酷暑和寒冬里，生病了都不会休息。

山楂的味道，我已经渐渐淡忘了，但是爸爸这样的教育方式让我刻骨铭心，他教会了我要堂堂正正做人。

（作者单位：安徽省安庆市太湖县烟草公司）

我最爱的一件"传家宝"

（郝正元）

浙江杭州的春天总是令人捉摸不透，近日天气有些寒凉，宝宝的鼻涕控制不住地流了出来。晚上，母亲又小心翼翼地从箱底翻出这件"传家宝"。

在我们老家，每个孩子都会有一件母亲缝制的棉背心，大伙儿亲切地称之为"小盾子"。它好似一件护身软甲，伴着我们度过了漫长的岁月。小时候它护着我和弟弟，现在我们长大了，时光也在它的身上留下淡淡的痕迹，可它仍然是暖和的，如今的它，正肩负着保护我女儿的使命。

"这是舅舅小时候穿的，他现在长大了，就让给我啦。"女儿看过舅舅小时候穿"小盾子"的照片，一眼就认出了它。

"哈哈，是的，你认出来啦！"我忍不住夸赞她。

"妈妈，你有吗？"她关心地问。

"妈妈没有，好羡慕你呀！"

"那我长大了给你做一件好吗？"

惊喜之余，一股暖流涌上心头，我不禁低头蹭蹭女儿肉嘟嘟的小脸蛋："真的吗？太好了，谢谢你，宝贝。"

轻抚这件颜色已然黯淡的"小盾子"，我回想起年幼的弟弟刚得到它时，忍不住奔向门外，向小伙伴们炫耀的情景，那时的他一定有一种说不上的幸福吧。

如今30多年过去了，人们的生活发生了翻天覆地的变化，我们早已步入小康生活。但是母亲仍舍不得这件"传家宝"，自河北邯郸来到浙江杭州，从青春年华到花甲之年，她一直将其视若珍宝。自从我家宝宝出生，每逢春秋夜晚寒凉的时候，母亲都会找出这件亲手缝制的棉布"小盾子"给她穿上。她时常念叨着："孩子晚上容易踢被子，让她穿上'小盾子'护住肚脐。"这件"小盾子"仿佛有神奇的力量，将宝宝保护起来，抵御寒冷。

许是因为"小盾子"的魔力，母亲又逼着自己学会了一项年轻时想尝试却一直没机会实践的新技能。去年冬天，母亲带着宝宝在小公园玩，虽然穿着很厚的衣服，宝宝还是不停地打喷嚏。回到家，母亲二话不说从衣柜中找出老家带来的棉布和棉花，坐在小板凳上起笔画图，一遍又一遍地修改，终于胸有成竹，裁剪、铺棉花、调整厚度，开始娴熟地穿针引线。

我提醒原本眼睛就不好的母亲不要太过劳累，可她宽慰我："我身体好着呢，不用担心，衣服早做好，孩子就能早穿上。"我知道自己拗不过她，便由着她去了。短短两天，一身全新的棉袄、棉裤就在母亲的一双巧手之下"诞生"了！宝宝穿上竟出奇地合身。她雀跃着跑去拥抱姥姥，用稚嫩的方式道着感谢，驱散了老人一身的疲惫。

看着祖孙俩亲密而又幸福的身影，我脑中不由自主地浮现了这两日来的一幕幕：我无法忘却偶然起夜时，暖橘色的灯光下母亲佝偻的背

作者母亲缝的棉袄

影；无法忘却已然老花眼的母亲戴着眼镜，时而高举手中的棉布，时而微皱着眉头凑近端详，仿佛她手中不是外孙女的衣物，而是一件稀世珍宝，一针一线都倾注着浓浓的爱；无法忘却母亲布满红血丝的双眼和她悄悄揉着腰背的模样……

我背过身去，仰起头，不想让她看到我情不自禁流下的泪水。我深知在这个经济社会高速发展的时代，商业街和互联网上的商品琳琅满目、应有尽有，何愁买不到一件贴身暖和又漂亮的棉袄，既不费时也不费力。但是我的母亲执意要亲手缝制，我想，这就是贫苦年代出生成长的老一辈坚定不移信奉着的"自己动手，丰衣足食"的真理吧。如今的他们都已老去，但是吃苦耐劳、坚韧不拔的精神早已深入他们的灵魂，也自然而然地渗透在生活的方方面面。

"一粥一饭，当思来之不易；半丝半缕，恒念物力维艰。"我想我兴许不会传承母亲的手艺了，但是"传家宝"承载的宝贵精神是可以永存的。或许，常常伴在母亲身边，嘟囔着要给我做"小盾子"的女儿也感受到了。希望我的女儿将来看到这些"传家宝"，能时常重温家人传递下来的爱与温暖，让良好家风代代相传！

（作者单位：浙江省杭州市健康实验学校）

藏在木门里的家风

（王芝）

那是一扇普通的木门，它陪我走过了几十年的风雨，而今仍然静静地立在乡下老宅的西厢里。

我很小的时候，这扇门是祖父家正房的房门，散发着淡淡的松香，光滑的表面上一条条木质花纹在阳光下闪闪发亮。门的上半部格子错落，格子中间是两个套在一起的菱形；门的下半部由一根立柱支撑着门板，结实而又厚重。

从四五岁开始，我就在这扇门里门外自由地玩耍，曾跌倒过无数次，但丝毫没消减童年的快乐。稍大一点儿，祖父开始一字一句教我识门上的对联——"唯读唯耕行正路，亦忠亦孝继真传"。虽然不懂对联的意思，但我看着祖父那认真的样子，觉得这里面一定藏着高深玄妙的东西。

一日，我从外面疯跑回来，正碰上家人送二爷爷走出院门。二爷爷没有什么官职，却掌管着村里的大事小情，二爷爷来此，一定是家里发生了什么大事。当我弄明白事情真相的时候，祖父的房子已经归他人所有。原来，在远方当兵的叔叔患了重病，为了救儿子的命，祖父只好卖掉了自己的房子。有人劝他，在部队得的病，部队得管。祖父说："部队待俺娃不薄，咱不能啥都指着国家。"

搬家那天，祖母哭成了泪人，祖父却打起精神指挥父亲卸下那扇房门，搬到他们新的住处——一个不起眼的小房子。我不明白房子卖了，为什么要卸下房门？也搞不懂小房子空间那么紧张，为啥还要把房门放到一个显眼的位置。

"有句话叫卖房不卖门，遇到难处了，房子可以卖，房门是万万卖不得的……"隔天，祖父一边小心擦拭着房门上的灰尘，一边意味深长地解开了我心中的谜团。原来在很久以前，门的意思代表着"门风"和"脸面"，若是因为卖房连房门都卖了，那就相当于连"门风"和"脸面"都不要了，所以哪怕买家出的价钱再高，自家的房门也是不能卖的。

"那咱家的门风是啥？"我好奇地望着祖父。"咱家就是要堂堂正正，忠于国家，孝敬父母，做人要善良，日子要节俭。"听着祖父的话，我的眼前突然浮现出过年过节父母带着我们兄弟姐妹祭祖和给祖父母磕头的情景；浮现出父亲捕鱼归来，街坊邻居一起喝酒吃鱼聊天的情景；想起村里人娶媳妇没钱打家具，作为木匠的父亲起早贪黑帮忙的情景……那时候年龄小，我不知道这算不算得上堂堂正正，只是从乡亲们淳朴的笑声里能感觉到这应该是好事。

小时候觉得祖父是个"怪人"，总是教导我们要节俭，吃饭连一颗饭粒也不能掉，一件器物用了十几年还要用。可对于外人，祖父又特别舍得。一次，一个南方来锯缸的人病倒在村子里，祖父用好饭好菜招待了他半个多月，直到他病愈离开。后来，祖父母吃了好长时间的稀饭咸菜。

虽然祖父家的房子变小了，但往日家里的热闹丝毫没变。每天晚上隔壁的叔叔婶子们都会聚到祖父家的小房子里，听祖父讲故事。冬天的夜晚，外面飘着雪花，祖父家的炕上烧着一个火盆。婶子大娘们轮流把自家带来的土豆放进火盆里，一边吃着香喷喷的"美食"，一边听祖父讲故事，别提有多惬意了。

最热闹的莫过于临近过年的时候，因为祖父会写春联，从早上就开始有人来排队。有人拿了一小瓢黄豆、一张红纸，有人只带来一张红纸，也有人两手空空……无论怎样，祖父都热情相待，兴高采烈地帮人家写春联。写完正房的，还要写厢房的；写完厢房的，还要写猪圈和鸡舍的……祖父简直成了天底下最忙碌的人。

历经风雨，我们像庄稼一样成长起来，祖父也像古树一样老去。在他最后的日子里，他总是叮嘱我们要好好做人，告诫我们"金钱如粪土，仁义值千金"，让我们千万不要丢了家里的门风，这样到啥时候也不会招来灾祸。"积善之家，必有余庆；积不善之家，必有余殃。"

祖父离开的时候就停放在那扇门板上，安详而又和善，仿佛睡着了一样，看不出一点痛苦；大概他对自己的子孙们是放心的，对自己的家族也是无比欣慰的。

"家庭不只是人们身体的住处，更是人们心灵的归宿。"随着社会的发展，我们家的小房子换成了大房子，还在省城买了楼房。可是父母一直舍不得卖掉农村的老宅，祖父家的那扇木门也一直存放在那里。每次我们回老家都要去看看它，为它拂去岁月的烟尘，和它深情对视，仿佛它就是我们的亲人，是我们一辈辈要一直传下去的宝贝。

（作者单位：辽宁省沈阳市作家协会）

传承下的梨园世家

（郭卓远）

"驸马爷近前看端详，上写着秦香莲她三十二岁，状告当朝驸马郎……"听着爷爷耳熟能详的唱腔，闻声前去，只见他在擦拭摆在柜子上的合照，我探过头去，指着一个相片问爷爷："爷爷，这是你演什么剧目啊？"爷爷笑着跟我娓娓道来，提起戏曲，他的眼神总是多了几分坚定，这是他一生坚持的事业。

作者爷爷的旧时剧照

| 第五章 | 家风韵绵长

爷爷是一个非常优秀的戏曲演员，在当地有很多属于他的粉丝团。他幼时受到家庭的熏陶，对戏曲非常感兴趣，当地哪里搭了戏台子、演什么曲儿，没有人比他更清楚。一次偶然的机会，村里派他去县城参加插秧比赛，爷爷在路上报名了戏曲学校，仿佛是一种命运的召唤，他上去唱了几段就被破格录取了。在戏曲学校，他十分刻苦，也很有天赋，听别人唱了一段，就可以完美复刻，并且铭记于心。老生行当平时训练非常辛苦，他总是班里最早起床、最晚入睡的。爷爷平时常说："一样东西，光靠热爱是不行的。必须将它融进骨血里，才能罢休。"爷爷少时便想将戏曲传承下去。

我的父亲从小深受爷爷影响，自懂事起就走上了戏曲的道路。父亲说，小时候爷爷对他要求十分严格，唱念做打四项基本功的练习，几

作者的父亲饰演西夏王

乎贯穿了我父亲的童年，受伤也成了家常便饭。现如今，父亲是国家一级戏曲演员，从一线的舞台转到幕后，为了将中华传统戏曲文化发扬光大，开始教授新的戏曲接班人。父亲上课时，对学生也十分严格，也许他知道自己付出多少才有了现在的成就，把学生当成自己的孩子，希望孩子们可以超越他，所以学生们的任何一个小失误都会让父亲紧皱眉头。父亲说，爷爷是对他影响最深的人，他也将这份对戏曲的热爱与执着，放到了未来可期的孩子们身上。

我的婶婶和弟弟也是出色的戏曲演员，爷爷苦心经营的戏曲世家，成就了如今家庭成员们其乐融融的艺术氛围。婶婶是一名越剧演员，从事花旦的行当，对戏曲艺术有自己的理解与见地。每当过年，全家聚在一起吃年夜饭的时候，我家就仿佛一场盛大的戏曲艺术交流会，每个从事戏曲行业的成员都会表演一段拿手片段，请爷爷点评，并期待爷爷开嗓。

从爷爷到父亲和婶婶，再到弟弟，这份热爱一代代传承。台上一分钟，台下十年功，戏曲演员要在舞台上塑造好一个人物的一生，要花费数不尽的心血和努力。这份精神也同样深深地感染着我，我也会将这份精神融入自己热爱的事业当中。

（作者系江苏省无锡南洋职业技术学院建艺学院学生）

一件中国红球衣的传承

（焦民煜）

我的卧室里悬挂着一件中国男篮的球衣，它是鲜艳的中国红。它是爷爷的最爱，也是爸爸的最爱，更是我和弟弟的最爱。这件球衣代表着我们大家庭对篮球的热爱。

它见证了爷爷年轻时的辉煌。我的爷爷是20世纪70年代男篮国家队队员，他身材高大、健壮魁梧。现在的他已经70多岁了，仍精神矍铄，并时刻关注着中国篮球的发展，经常声情并茂地给我和弟弟讲述他年轻时无数个精彩的球场拼杀瞬间，那是他为国争光的激情见证。

我的爸爸也曾是一名国家队队员，他传承着爷爷的荣光，在爷爷曾经奋斗过的那方战场上为国争光、挥洒青春。爸爸右手食指小时候受伤缺了一截，但这未能阻止他追梦的脚步，他依然靠顽强的毅力和刻苦训练入选国家队，成了一名篮球国手。他是我的榜样，也是我们全家的骄傲。他热爱篮球，视篮球为生命。每一次登上赛场的他都像极了一名战士，他无所畏惧地奔跑冲锋、对抗防守，进球后的呐喊喜悦和失误后的低落悲伤，都是他青春中最美好的瞬间。我为爸爸感到骄傲，我喜欢爸爸的阳光帅气，我更欣赏爸爸对篮球精神的热爱与执着，这是从爷爷那

作者和弟弟

里传承下来的执着与坚守。

　　爸爸的高光时刻定格在2003年10月1日亚锦赛。当时的中国男篮刚遭遇世锦赛、亚运会的接连失利，所以2003年亚锦赛决赛成为一场中国队必须拿下的比赛。虽然我的爸爸在那场比赛只作为替补登场，但那一夜他创造了奇迹。他凭借着自己独特的"野路子"打法，用一次篮下强攻和中距离跳投帮助中国队缓解了得分荒，使中国队如愿以偿地拿下了亚锦赛冠军，并进军2004年雅典奥运会。

　　看了这场比赛的录像后，我心中激动不已，立志一定要好好学习打篮球，像爷爷和爸爸一样，勇于拼搏。虽然我今年才9岁，但我已经有了3年多的球龄。作为一名出生在篮球世家的幸运儿，我从小就听着爷爷的辉煌故事、看着爸爸的拼搏身影。现在的我每周坚持篮球训练三次，经常代表学校参加篮球比赛，还获得过区冠军。我喜欢在球场上忘我拼搏、挥汗如雨的感觉，我也会为我的篮球梦想而一直努力、绝不放弃。

现在的我拥有着一个美丽的梦想，那就是要像爷爷、爸爸一样，通过自己的刻苦训练，也能入选国家队，站上爷爷、爸爸奋斗过的舞台，为国争光。

我还有个亲密的队友，他就是我将满7岁的弟弟。他也有2年多的球龄了。我们平时一起训练、一起玩耍，和爷爷、爸爸一起看精彩刺激的篮球比赛，这是我们最开心幸福的时光。我的弟弟可不简单啊，他身高比我更突出，还有着超过同龄人的球技和篮球素养，有着无限的上升空间。

我们是爷爷和爸爸的希望，也深深地爱着篮球这项运动。我家珍藏着的这件爷爷的红色球衣也许会褪色，但其中蕴藏着的热爱、坚守、传承、拼搏的精神永远不会消失，并将在我们这一代少年身上继承发扬。

（作者系四川省成都市高新区西芯小学学生）

读书传家的故事

（雷敬元）

"读书传家"和"清白做人"是父亲嘴边经常念叨的两句话。

父亲雷振声是湖北蒲圻（今湖北省赤壁市）一中的老校长，也是我最崇敬的人之一。在我的少年时代，他就给我讲家史：我们老家在羊楼洞，在清代嘉庆年间，羊楼洞的茶市已日趋繁荣。天祖怀堂公兴家创业，在外闯荡多年，从江西丰城迁徙到羊楼洞后，怀堂公抓住边贸茶业兴旺的机遇，艰苦创业，终成为茶商巨擘。由于家境殷实，子孙后代便延师入塾，考取功名跻身仕途，素有读书的传统。但到祖父这一辈，家道中落，分家后只剩下几间残破祖屋。祖父雷季章穷则愈奋，决心靠读书改变自己的命运。在羊楼洞文昌阁高等小学毕业后，祖父无钱继续升学，于是辍学。祖父虽然只有高等小学的学历，但天赋甚佳，又勤奋好学，自学不懈。他喜读《左传》《史记》《庄子》《古文观止》等古典文学作品和报纸杂志，且文思敏捷，在羊楼洞读书时即以文章闻名。虽说祖父是一介穷儒，但性格刚烈，疾恶如仇，常以于谦"粉身碎骨浑不怕，要留清白在人间"的诗句明志抒怀，在乡党邻里间主持正义，广有名声。

第五章 家风韵绵长

祖父结婚成家后，祖母王美英共生了4个孩子，两子均在出生不久后夭折，只剩父亲雷振声和姑妈雷蓉玉两人。在此情况下，祖父对膝下唯一的儿子格外疼爱，寄予传家的希望不言而喻。但他老人家对父亲的教育，与一般上辈的教育方法有所不同。其教育的座右铭是"先要教育成人，才能教育成材"。因此，祖父除生活上对其悉心照顾外，对父亲自小要求极严。

父亲4岁半时，即随姑妈到塾中作旁听生。姑妈每天读的书，父亲有时也能咿呀成诵，祖父喜悦之情溢于言表，认为父亲是可造之资，决心要用心培养他。祖父认为光靠小聪明成不了大器，必须打下扎实的功底，才能有真才实学。记得父亲曾对我讲起，他十岁时，祖父在家教私塾，父亲随祖父读书，督课甚严。当读完《左传》上卷（两卷本）一半时，祖父就要父亲从头至尾背诵，从燃灯时背起，中途稍微休息一小时（不让嗓子嘶哑），继续再背。到茶行压茶工人在深夜12点钟交接班放汽鸣笛时，父亲流利背诵完毕，祖父极为喜悦，半夜三更摸到街上端来一碗馄饨表示奖励。祖父对父亲的严格要求由此可见。

抗日战争爆发，羊楼洞被日寇占领，祖父凛然有民族气节，他毅然舍弃祖业，肩挑一担箩筐，在日军进犯前夕，带领全家四口，随逃难人流经湖北崇阳到江西修水，又在崇山峻岭中翻越五百华里（250千米），到达湖南长沙难民收容所。日军轰炸长沙，长沙战事吃紧，我家又随难民向湘潭、湘西转移。撤退途中，大批难民要在渡口渡过湘江，渡口只有十几只小木筏子，速度缓慢，数千难民拥挤在江边等船，日本飞机见江岸人群密集，轮番对准人群投弹扫射，霎时沙滩陈尸遍野，血染湘江水！幸运的是我家已在此之前渡江。祖父带领家人经湖南安化、新化、叙浦、辰溪的深山小道到达湘西泸溪县，千里迢迢逃难路，颠沛流离九死一生。许多好心人见我一家贫困潦倒，劝祖父送父亲去学一门手艺，日后便于谋生。祖父坚决不同意，谢绝了他们的好意，只要环境稍为安定，立即克服困难送父亲上学。在湖南泸溪读小学五年级时，有一次期中测验，父亲因粗心大意，算术只考了58分，祖父忧愁焦急，竟痛哭一场。爱子之深、望子之切的心情，感人肺腑！父亲虽年幼，却早熟懂事，见此心如刀割。从此父亲不敢稍有松懈，结果在五年级上下两学期中，均以全班第一的成绩，弥补了祖父的心理创伤。1942年父亲小学毕业后，在升学率只有百分之五的情况下，以优异的成绩考入江西省立赣西北临时中学，在此初中毕业。1945年抗日战争胜利后，父亲又以优秀成绩考入湖北省立第一师范学校，至1948年毕业。逃难期间父亲共上学8年，虽然享受难民救济（伙食全由政府供给），但生活极为艰苦，每学期交学杂费、书本费，同时还要添置一些必要的衣服被褥之类的用品，都要花销一些钱。祖父又怕营养不足，每月寄给父亲零用钱，与中等收入家庭的学生不相上下。祖父母老两口自己却勒紧裤腰带，生活极为清苦，环顾四邻，在此种情况下，能坚持送子读书者，能有几人？书写至此，我不禁潸然泪下！

  1949年5月25日蒲圻县解放，同年8月份，组织上任命父亲为蒲圻城关小学校长。1952年随着经济建设的进度加快，中学教育也要随之发展。由于师资缺乏，父亲被调到蒲圻县一中（即现在的赤壁市一中）担任语文教师，并担任语文教研组组长。县一中为当时蒲圻县最高学府，藏龙卧虎，名教名师辈出。父亲仅有中师学历，要在此地站稳脚跟并做出成绩，必须付出超出常人的努力。父亲为了提高自己的业务水平，几十年来自学不懈，每月从有限的工资收入中挤出一部分钱，大量购买文学、历史、地理、政治理论、科普等书籍，以扩大知识面。1955年组织上推荐父亲到湖北师范专科学校教育行政干部班脱产学习8个月，系统学习了马克思列宁主义哲学、中国革命的历史、教育学、心理学等课程，各科均以优良成绩结业。1959年父亲在组织关怀下，在华中师范学院函授四年期满，经考试，各科成绩合格毕业，学院给父亲颁发了红色封面高等院校毕业证书。当证书送到祖父手中时，他激动得双手发颤，连声自言自语："感谢共产党，帮助我完成了送子读大学的心愿。"

"天道酬勤"，功夫不负苦心人，父亲的文化素质、政治理论水平有了很大提高。常言道，"台上一分钟，台下十年功"，父亲潜心钻研教材教法，深入浅出的教学方法深受学生欢迎。1955年父亲被提升为教导主任，潜心教育管理和教学工作。年幼逃难时刻骨铭心的苦难经历，让他深知"落后就要挨打"的道理，父亲把教书育人，为国家培养人才作为自己终身追求的目标。1982年担任党总支书记，负责全面工作，他老当益壮，一心扑在教育事业上，学校的升学率一直稳居咸宁地区榜首。

父亲执教40余年，与校领导和教师一同为国家培养初中毕业生6000余名，高中毕业生4000余名，为高等学校输送学生800余名。这些学生现分布在全国各条战线上，有的肩负重任，有的功绩卓著，有的学有专长，有的事业有成……获得高级职称或硕士博士学位的，至少有150人。在党政军工商学各界中，还有众多工作突出的优秀人才，他们奋发进取，报效国家，成为社会主义建设的中坚力量。

由于父亲在教学和管理上的突出成绩，党组织和县政府给了父亲很多荣誉和鼓励：八次被评为县先进工作者；三次被评为咸宁地区先进工作者。1960年被评为湖北省文教战线先进工作者（相当于省劳模），在会议期间，父亲同与会代表一起，受到毛主席的亲切接见。1983年当选为湖北省第六届人民代表大会代表。1982年当选为咸宁地区教育学会理事，1983年当选为蒲圻教育学会会长。

我和我的胞弟雷勃相继出生后，在这个书香浓厚的家庭里，从小就受到祖父和父亲的陶冶熏染。少年时，父亲就以诸葛亮《诫子书》中"非淡泊无以明志，非宁静无以致远"教导我们：人生不能蝇营狗苟，碌碌无为，要树立报效国家的远大理想。当社会上有一些不良风气，父亲就以"出淤泥而不染"的品格，提醒我要自觉抵制歪风邪气的腐蚀和侵袭；当我在大专学习企业管理专业中碰到《高等数学》这个拦路虎时，父亲鼓励我"书山有路勤为径，学海无涯苦作舟"。在炎热的夏季，我下班以后骑着自行车，冒着酷暑赶往学校听数学辅导课，恶补了初中、高中全部数学课程，为学好《高等数学》打下坚实的基础。我的课堂笔记工整详细，习题作业本叠起来有半人高。1990年我以优异成绩取得大专文凭。1998年我担任厂长走上领导岗位后，父亲告诫我要"认真做事，清白做人"，在经营过程中我面对金钱的诱惑，能坚守住职业的底线和道德的操守，当一名廉洁自律的好干部。

父亲1986年从教育领导干部岗位上退休，他仍手不释卷、博览群书。有时我们在一起讨论问题，遇到某个生僻典故和历史事件，他博闻强识，信手拈来。翻出资料对比相差无几，我们大为折服。逛书摊也是他的一大爱好，淘到一本好书喜不自禁，像捡到一个金娃娃。父亲家里极为俭省朴素，唯有满书柜排列整齐分门别类的书籍，是他引以为傲的事。2008年4月24日晚，父亲突发脑出血逝世，我顿时有泰山崩塌之感！父亲担任领导干部几十年，甘于清贫两袖清风，没有给我们留下什么遗产。但父亲是一座高山，蕴藏着珍贵的精神矿产，值得我们和后代不断地挖掘和珍藏。

（作者单位：湖北省蒲纺工业园区）

藏在缝纫机中的家风

（朱惠洁）

母亲的工作室里，放着一台"西湖牌"老式缝纫机。它是母亲年轻时的嫁妆，一直是家中的宝贝。虽然这台缝纫机现在使用频率变少了，但在母亲的定期擦拭下，它还光亮如新。

一位城里姑娘爱上了一位普通农村小伙，两人克服种种困难，坚定

作者母亲的缝纫机

地在一起了。我父母的相爱就像电影中一样浪漫美好，然而现实生活是艰苦的。城里长大的母亲不会干农活、不识五谷杂粮，生完孩子后待业在家，生活的重担全落在父亲身上。为了给父亲分担压力，母亲找了裁缝拜师学艺，学会了制衣手艺。母亲给全家人制作衣物，还加入了缝纫机小组，接一些缝补工作补贴家用。我小时候特别喜欢看母亲坐在缝纫机前工作的样子，她就像一位魔术师，将一块块布料变成可以穿的衣裤或者其他用品。无数个夜晚，缝纫机工作的声音伴我入眠。

在父母亲的共同努力下，家里盖了新房子，购置了新电器，但母亲最珍惜的还是这台缝纫机，那是和她一起奋斗的伙伴。

作者的父母

小时候我们家条件有限，我平日里经常穿哥哥姐姐传下来的衣裤，用外婆的话说："新三年，旧三年，缝缝补补又三年。"但有时候，我对哥哥们有洞的旧衣服会有些抵触。每当这时，母亲便使用"神奇的魔法"，将旧衣服在缝纫机上一转，原来的洞变成了一只可爱的小动物，那些旧衣服都有了新模样。

转眼我长大了，有了自己的小家庭，母亲的缝纫机依然发挥着作用。遇到裤子长短不合适、衣服款式不合适的情况，母亲还会用她的缝纫机进行"魔法大改造"，家中有很多地垫等都是旧物改造的成果。母亲还会给我的孩子制作衣物。母亲常说，现在时代好了，所有东西都可以买到，但勤俭节约的传统不能丢。

父亲母亲的兄弟姐妹众多，由于工作生活等原因，他们很多人都不在家乡，不在老人身边。母亲自觉担起了照顾双方老人的职责，我经常看到母亲用缝纫机制作爷爷、奶奶、外公、外婆的衣物。在母亲的熏陶下，我和弟弟每次外出总会惦记着家里的长辈，节假日尽量抽空陪伴家人，带回一些长辈爱吃的食物。时光变迁，家庭的温情不减。

一台缝纫机，不仅承载着母亲的青春、家庭的变化、亲情的守护，更藏着我们艰苦奋斗、勤俭节约、宽容友爱的家风。这些优秀的家风传统影响着我们这一代人，也将继续伴随下一代人的成长。

（作者单位：浙江省杭州市文锦幼儿园）

爷爷的识字经

（金海焕）

"海焕，地上的粉笔字不能随随便便用脚踩！"爷爷总是这么叮嘱我。

爷爷没读过什么书，但识字自有一套方法——读各类海报、认标牌。日复一日，年复一年，爷爷肚子里的"货"自然积少成多了。

小时候我在农村过春节，记得最热闹的要数庙里的戏台了。爷爷是个铁杆戏迷，只要邻居说哪个庙里有戏，他便会徒步前往。好几次被奶奶发觉并数落："看戏都不要命啦，人家有自行车方便，你是靠双脚走啊！"爷爷却依然我行我素。

到了戏台前，爷爷的习惯动作是细细浏览一下戏台边上的大红色巨幅海报，那里有剧情简介。爷爷心中默念，遇到不认识的字便问旁人，若旁人也不知道，他便默默地硬生生记下，回来问我这个小学生。爷爷在纸上端端正正写好，捏着纸条来问我，如果我会，则顺利地念给他听，如我不会，就找来"字典公公"。爷爷听了这字的读音，小声念一遍，笑呵呵地端着字条又回去了。

爷爷的字条是舍不得扔掉的，他深感自己"吃了没有文化的苦"，所以这些字条他会小心地收集起来摆放整齐，实在需要清理了，就用火烧掉，绝不乱丢乱扔。

有一次，爷爷带回来两个字——旮旯，问我是什么字，我看着奇怪，认不出来。爷爷心有不甘，去问邻居，问遍了周围人也没个结果。爷爷想到村小组里面的徐老师，徐老师眯着眼睛，皱着眉头良久，深叹一口气："这两个字叫冤家！""冤家？"爷爷半信半疑回来告诉我。我一听就知道徐老师在打趣他，告诉了爷爷实情，爷爷无奈地笑了笑。

爷爷尊重知识的那股劲儿一直鼓舞着我。

从小到大，我的书是干净整洁的，若有卷角脱落，我必定抚平补全。新书到手时，我会用牛皮纸或者报纸认认真真做个书皮，学期结束了剥下书皮，书的封面鲜亮如新。

读大学时，我专心练习书法，陶醉于方块字的线条美。有一年暑假，父亲将我练习的一幅赵孟頫临摹作品拿给爷爷去看。爷爷喜出望外，连说："好，好，好！"他的自豪之情溢于言表。爷爷的读书梦，终于在孙子这儿"圆梦"了。

如今我已成为一名人民教师，站在三尺讲台上向学生"传道解惑"。我所面对的是脑功能部分受损的特殊学生，适应生活成了学生们的主要目标。语文教学就是"扫盲"——识字。学生们记得慢忘得快，我只有放慢脚步细致教学，才能让学生记得。一笔一画、偏旁部首、读音声调……我一点也不敢马虎，细细讲来。

正是因为对知识怀有敬畏，我对这份工作始终保持激情。我只愿能为学生尽一些绵薄之力。

（作者单位：浙江省杭州市萧山区特殊教育学校）

第六章 时光任蹁跹

SHIGUANG REN PIANXIAN

父亲的剪报本

（余海燕）

我的家里珍藏着一本剪报本，里面剪贴的是父亲生前在报刊上发表的所有作品。

父亲19岁参加工作，是电影放映队的放映员。那时候，当放映员是一件很辛苦的差事，他经常要挑着沉重的放映器材跋山涉水到各个乡村放映电影。年轻的父亲却不以为苦，还在工作中找到了创作的灵感。《银幕挂上铜钹山》是父亲在1963年发表的第一篇作品。收到样报那天，欣喜的父亲第一个念头就是要为自己做一本收集作品的本子。那个春风满面的帅气小伙，用废旧的电影海报、锥子、铁丝虔诚地装订着本子的时候，一定没想到，自己的人生会因为这本剪报本而变得丰富多彩。

因为父亲经常往返乡村，家乡秀美的山川、淳朴的民风深深地吸引着他。他的心里慢慢有了一个梦：用镜头去记录身边美好的瞬间。20世纪70年代初期，父亲省吃俭用买了一台海鸥牌相机，通过学习，从此走上了自己拍摄、冲洗的漫漫摄影路。

家里的小厨房，每到晚上就被父亲布置成了暗房。上小学后，只要

我家的"人世间"故事

作者父亲的剪报本

父亲冲洗相片，我就在旁边给他打下手。到了夏季，暗房常常闷热得像个蒸笼，赤膊上阵的父亲忙得汗流浃背，他一边用毛巾拉锯似的擦拭后背，一边说："免费洗桑拿了！"

父亲利用业余时间骑着自行车走遍家乡的每个角落，拍农田耕作、市井百态、城市建设。他的拍摄范围广，为家乡的发展留下了许多珍贵的历史资料。父亲拍摄的《军潭电站》被选送到北京参加新中国成立35周年水利建设成就展。我至今记得父亲得知这一消息时激动的样子，他不停地说："我要是能去北京看看摄影展该多好！"

1995年，父亲有了更充裕的创作时间，年过半百的他背着摄影包走向了更远的地方。江南水乡、塞外高原、雪山戈壁都留下了他寻梦的脚步。天道酬勤，温暖的人间烟火、旖旎的自然风光一次次在他的镜头里定格，他的一幅幅摄影作品在《赣东北报》《江西日报》《文汇报》《中国摄影报》刊登。父亲剪报本里的内容一天天地丰富，他身上擦伤的疤痕也跟着多了起来。一次拍梯田，父亲只顾着寻找更好的取景角度，一脚踩空从山坡上滑了下去，身上留下一道长长的伤疤。在父亲的心里，只要拍出的图片能得到认可，能给人带来美的享受，所有的付出就是值得的。

在父亲的影响下，姐夫也爱上了摄影。田野郊外，水村山郭，都曾留下翁婿相伴的身影。如今，大学毕业的外甥也与摄影结缘，添置了摄像机、无人机，走上了一条更宽广的摄影之路。

"只要努力，梦想就会开花。"父亲常说这句话。从入门到熟练，风风雨雨50年，300多张摄影作品发表，有100多本省级以上获奖证书，父亲伴随着按下快门的"咔嚓"声，伴随着闪光灯耀眼的光芒，让梦想开出了绚丽的花。2012年和2019年，江西省上饶市广丰区委宣传部、区文联先后两次为父亲举办了个人摄影展。

我翻开泛黄的剪报本，父亲的摄影故事又鲜活了起来。是啊，只要努力，梦想就会开花。和父亲一样，我也为自己装订了一本剪报本，把自己这些年在报刊上发表的作品都粘贴在本子上。父亲藏在剪报本里积极努力、乐观向上的生活态度，一定会在我的身上延续。

（作者单位：江西省上饶市广丰区丰溪街道办事处）

老家的电话机

（黄元标）

"楼上楼下，电灯电话。"这是我小时候，奶奶常挂在嘴边的一句话。说这话时，奶奶脸上的皱纹便舒展开来，笑容挂上了眼角和嘴角。我想，这可能是奶奶那一辈对未来生活的美好憧憬。可惜，奶奶还没有看到这个美好的未来，就匆匆地离开了我们。

我们老家有第一台电话机是在20世纪90年代末。那时，我家兄妹四人都先后离开了老家，在外地工作。因为父亲去世早，家里只有年迈的母亲，为了方便能经常与母亲联系，及时了解她的衣食住行，我们就帮母亲在老家安装了一部红色的电话机，并把我们的电话号码写在纸上，贴在电话机上，教不识字的母亲认读电话号码，一遍又一遍地反复教，直到母亲记熟了为止。接着我们又教母亲怎样拨号，母亲顽皮地边学边笑，还不时地按错键，引得我们哄堂大笑。

记得一件有趣的事，那天晚上8点多，我在单位接到了母亲打来的电话，我非常高兴。母亲在电话里笑着告诉我："我没事，打个电话给儿子，看看我学会打电话没？"

后来，我们兄妹四人就经常打电话给母亲，问问她的身体怎样？吃的、穿的缺不缺？还需要添置什么东西？母亲总是回答："好好好，什么都不缺，少说几句，省点电话费！"装了电话后的那个月，电话费总共花了8元钱，还包括6元座机月租费，她心疼了好久，以后没有特别重要的事，她就不会主动打电话给我们。

从2010年开始，我们做儿女的又想着法子做通母亲的工作，帮她买了一部"老年机"。因为村里的电话线经常出问题，尤其是刮风下雨天，打电话就会受到影响。我们心里自然而然地增加了一份牵挂。所以，当务之急就是为母亲买一部手机。好在母亲与时俱进，竟然答应了，并且很快学会了使用"老年机"。

自从有了电话机和"老年机"，母亲再也不觉得孤独和寂寞。她总是给我们讲过去的故事：1949年之前，家里穷得叮当响，上无片瓦，下无寸田。我们的爷爷帮人家做苦工，父亲去当兵，去部队时只吃一碗煮熟的榆树叶子充饥。真没想到，后来穷人当家做主人了。

我们替88岁高龄的母亲感到高兴，她从那个年代走来，看到了中国现今的建设成就，享受到了改革开放带来的硕果，母亲说她这辈子知足了。

2017年3月5日，母亲永远离开我们了，而红色的电话机和"老年机"一直静静地留在房间里。进入母亲的房间，我感觉时间仿佛静止了……

时代发展，科技进步，人们日常通信工具的更新见证了现代科技的发展，但不变的是老电话机、"老年机"留给我的美好回忆。

（作者系江西省丰城市孙渡街道居民）

百看不厌《西游记》

（张香梅）

我出生在乡村，小时候能接受到的艺术熏陶除了已经背得滚瓜烂熟的语文课本，已经翻得破烂不堪的小人书，就是家里的那台半导体收音机。可想而知，当小村庄有了第一台电视机，那是怎样的一种沸腾！

记得村里的第一台电视机，是能吼几嗓子豫剧的村主任家的。村主任和他热情随和的妻子，不怕半个村庄的人都来，他们总是早早摆好凳子，等待左邻右舍吃完晚饭来看电视。

村里第一台电视机

后来，为了容纳更多人，他们又把电视机搬到院子里。露天电视信号很不稳定，一会儿有了图像却没了声音，一会儿有了声音却看不清人影，有时"雪花点"纷纷扬扬看花了眼睛……但这不妨碍大家看电视的巨大热情。挤在人堆里，探着脑袋，沉浸在那个美妙的光影世界，连广告都看得津津有味，把天气预报里的城市倒背如流。热播电视剧更是不舍得错过任何一集，害怕第二天上学时，失去了和同学谈论的资本。

劳作一天，大人会暂时忘记日子的困窘乏味，从日复一日一成不变的现实世界暂时逃离一会儿。最热闹的场景当数看电视剧《西游记》，村主任家床上坐的是人，装粮食的麻袋上倚靠的是人，窗户上趴的是人……神奇的特效，优美的外景，略带惆怅而又励志的主题歌《敢问路在何方》，让1986年版《西游记》成为无法超越的经典。

《西游记》成了重播率最高的电视剧之一，在寒暑假里不离不弃地陪伴着孩子们，一根金箍棒就能让孩子的世界沸腾。只要片头音乐响起，看石猴腾空而起，我们就兴奋得心上能开出花来。尽管剧情早已经了如指掌，但我们还是百看不厌。

村民在一起看电视

爸爸担心电视的"魔力"太大，看电视会影响我的学习成绩，无论我怎么哭求，就是坚决不买电视。于是，我就有了周末挨家挨户蹭看电视的经历。有时候，我用自己不舍得吃的零食讨好家有电视的孩子，以求得晚上能去他家看电视的机会。有时候，看电视时间太久，迷迷糊糊就在人家椅子上睡着了。

因为家里没有电视机，考了好成绩，父亲奖励我的方式也很特别——带我去他所在的乡政府大院看一次彩色电视。在黑白电视机全村都没有几台的年代，彩色电视对一个孩子很有诱惑力。坐在父亲那辆蓝色的"永久"牌自行车上，一路驶过苍翠的田野和安静的村庄，去看一次彩电，成了我小学时代最直接的学习动力。

20世纪80年代后期，电视机开始进入寻常百姓家，但大多数还只是国产黑白电视机。90年代中期，我考上了中专。父亲终于买了一台"飞跃"牌彩色电视机。彼时，电视画面清晰稳定了，电视频道增多了，电视节目也更加丰富。一大批国产品牌彩电也已经占据了市场的主导，村里人都陆续买了电视机。

似水流年，抚今追昔。你有多久没和家人坐在一起看电视？怀念那些串门蹭看电视的日子和那些家长里短！

（作者单位：河南省商丘市委党校科技文史教研部）

父亲的木旋车

（侯卓军）

人世间，总有些人和事潜藏在血脉里，挥之不去，历历在目。

1980年，自我记事开始，父亲白天总是坐在木旋车上劳作，身边常常跟着一个小跟班仰视着他。

记忆里，父亲坐在木旋车上，压得光光的木扁担两头高高翘起。他光着膀子，用腹肌抵在木耙上，双手一会儿握着大平刀，一会儿换成削尖刀，一会儿又换成了钩耳弯刀，不停地在木耙杆上来回地划拉着，两只脚像踩自行车一样转动，木旋车便随着他有规律地转起来。

父亲用上大平刀做木旋时，一条又宽又长打着转儿飞舞的木飘带应声向右飞出，稚嫩的我赶忙伸手去接，可总是接不着。看到地上的木飘带，我笨手笨脚地跑过去轻轻捡起，小心翼翼地捧着，端详着，活像放映员正在检查胶片，心里充满成就感。有时，我会把它顶上鼻梁横在眼前，昂起头，用余光瞟眼鼻间的缝看路，透过那条缝，看到有光亮穿射进来，再大胆地向前走几步，心里突然有看穿一切的快感……

晚饭前，父亲收工了。他将车台打理干净，抽出竹签，蘸上菜籽油给车芯擦上，然后飞快地踩踏板，车芯转动的声音越来越轻，空气里的

我家的"人世间"故事

作者复原制作的羊角木旋车模型

油香却越来越浓，飘得满屋都是。

晚饭过后，父母要合力准备明天用的新原料。准备原料是要动锯动斧又动锤的，父亲便在家里点上两盏柴油灯，一盏在左，一盏在右。

先是锯木头。父亲把一大根圆木放到两只木马上，他右脚踩在圆木上，右手握锯，左手拿着一根木棍比靠，然后用左手的大拇指指甲垫着锯齿开锯了。母亲则坐在父亲对面的地上拉。每拉一次，那锯就向下陷上一截。

看别人干活总是那样地轻松而没趣。不多时，我的注意力就停留在家里的两盏柴油灯上，那柴油灯造的灯花特别好看。定睛细看，可以看到灯花一点点长大，像小果蝇的眼睛。灯花长大了，一会儿红亮发白，灯光一晃，它又变黑，油灯便不怎么亮。我捡起地上的小木棍学着父亲的样子抹灯花。

每当父母围着木旋机加班最多时，家里的变化也就最明显。父母修房成了家乡的轰动事。家乡一大批人都迎着改革开放的浪潮买东西、修房子。一间房两间房，土木房子变成了砖瓦房，大院子变成了单独户。

一天，父亲收工时送给我一件小礼物——一个呆头呆脑的小木伞。只见父亲用拇指和食指捏住那木伞把儿，那伞尖头就顶在木台上，再轻轻地两指一搓，小东西便滴溜溜地转起来。我和弟弟都看傻了眼。

"拿去耍。"父亲说着递给了我们。

我带着弟弟在新房的水泥地面上鼓捣了起来。我俩一人玩一次，弟弟先来（这是父亲给我定的规矩）。弟弟使出吃奶的劲儿也不见成效，只得狠狠地甩给我。我拿着小木伞先不松手来回空转一会儿，然后学着父亲的样子使劲一搓，小木伞便转了起来。一段时间后，弟弟达到了我的初始级别，而那时我已能将小木伞倒立着转了。然后，大大小小的玩伴儿便吵着家长要，父亲便抽空多做了些送给大家，直到人人手里都有一只。

这样的惊喜和趣事时常发生。只要父亲从城里卖货回来，他都会将城里孩子的玩意儿给我们做出来。

上中学后，我才能顺利地操作木旋车。我将光光的扁担垫在屁股底下，左手轻托在木料下，深吸一口气，身体舒展后向下一沉，木扁担向下颤了颤，右手抢起的斧子刃口向内，斧头撞在车芯前的木料上。我一边撞一边踩着踏板，木料在车芯上转动着。由于不太熟练，我有些冒汗。父亲则在一旁鼓励我：慢慢来，不要心急，一定要稳，熟能生巧……

我家的"人世间"故事

1998年作者参加工作时父亲赠送的笔筒

半个多小时后,一个伞面带着刀疤的小木伞被我制作出来了。拿着我的第一个作品,父亲肯定地说:"做事千万不要心急。兴趣是最好的老师,有了兴趣,你就会有目标,就会不断琢磨,剩下的就是踏踏实实地干了。"

中学毕业后,我应了父亲的心愿读了师范学校,毕业被分配了工作。父亲和木旋车与我渐行渐远。那之后,城里的木器被金、瓷、塑料取代,父亲的木旋车在尘封中被蛀虫啃咬着。然而,他的手艺刻在了我的骨子里。

(作者单位:四川省达州市通川区凤西街道办公室)

扁担与烟斗

（林以立）

日常生活中人们都会使用劳动工具、生活器具。随着时间的推移，一些老物件逐渐淡出了人们的视野。但是，这些物品打上了使用者的烙印，承载着那个时代的生活气息，因此寄托了人们复杂的情感。电视剧《人世间》作为一部书写当代中国百姓的生活史诗，剧中一些颇具年代气息的劳动工具、生活器具等画面，勾起了我对父亲曾使用过的物件的遐思。

一根扁担

记得有篇文章这样描述"扁担"：在村庄的记忆里，几乎任何时间、任何角落都能见到扁担的身影，挑水、挑粪、挑谷子……农人在土地上的所有倾注与收获都与扁担密不可分，扁担是农人的精神脊梁，他们在挑起一个家庭重担的同时，也挑起了一个村庄沉重的历史与殷殷期盼。

我家有一根父亲曾经使用过的扁担，几经搬家未曾舍弃。前几年，我在乡下老家打理菜园也一直使用它。我家的那根扁担购于20世纪70年代中期的农村供销社，那时候物资匮乏，我家的那根扁担是聪明的匠人将竹片用胶水黏合加固制成。这根扁担因为使用竹片制成，所以，既有竹子的韧性，也比一般扁担较轻。父亲除了用这根扁担挑东西，还将它作为午休的小榻。炎炎盛夏，室外阳光暴晒、蝉声不断，午饭后父亲找一通风处，将两根扁担并列搁置在门槛上，然后将搭肩布往扁担上一铺就抓紧时间休息了。虽然数十分钟的歇息短暂，但对于劳累的人来说，可在精力上有些补充，以应付下午的劳作。

70年代后期，我和大伯返城工作。因此，父亲除了参加生产队的集体劳动，还要为我和大伯家的琐事操劳。近日整理父亲当年给我的信件时看到：这些天分粮、分柴，伯父的、你的、我的，一个人把它们担回去可容易吗？还有三家的油菜需要栽种，所以到今天勉强抽个空和你谈几句。字里行间，父亲弓背弯腰用扁担扛起生活重任的情形，跃然纸上。多年以后，再看到父亲的书信，心中别有滋味。父亲的汗水一点点地浸润着这根扁担，扁担的外观越来越润泽。父亲进城生活时仍将这根扁担随身带进了城。

2003年，我回乡下老家建造房屋后，又将这根扁担带回乡下。每当我在田园躬耕使用这根扁担时，眼前总会浮现出父亲使用这根扁担的情景。

随着时代的发展，使用扁担的机会越来越少了，曾经朝夕相处的扁担现在搁置在墙角，孤零零的。因使用的机会少了，扁担不再润泽，前几年还发生过脱胶现象。或许再过几年，随着家中住宅的拆迁，它也将完成使命。虽有不舍，但也必然。

烟斗

记忆中，父亲在20世纪60年代和70年代中期一直是抽烟斗的。他熟练地装烟丝、用火柴点燃，然后悠闲地抽上几口，间或停顿下来，或将烟斗搁置桌上，或仍握在手中，缄默、沉思，在袅袅烟雾中享受着片刻自在。电视剧《人世间》中周志刚熟练地用纸卷着烟丝，然后点着再贪婪地吸上一口，那种神态与父亲抽烟斗的感觉真是毫无二致。父亲抽烟斗时，我则喜欢在旁边闻这种烟丝燃烧后散发的香味。父亲抽烟斗的技巧很娴熟，那个年代农村尚未通电，没有电灯，煤油也是按计划供应的，父亲在黑暗中照样熟练地操作着这一切，品尝着生活的滋味。若心情好，则会给我们讲一些陈年趣事，若觉得我们做事不如其意，用烟斗敲一下额头的事也时有发生。

父亲使用过很多烟斗，因为那个年代物资匮乏，材质好的烟斗市场上根本买不到。印象中我为父亲买过多款烟斗，每次都告诉他这是什么材料制作的。可使用时间不长，父亲反馈给我的信息就是烟斗又裂缝了。我当时幼稚地想，或许每个烟斗的使用寿命都不会很长，毕竟烟丝在烟斗里高温燃烧，再坚硬的材质也耐不住火吧。慢慢地，父亲放弃了抽烟斗的习惯。但是，烟丝的香味一直留存在我的记忆里，至今未泯。

一日与友人小聚，有位朋友从随身包中相继取出了香烟、雪茄、烟斗……当我看到烟斗的一刹那，尘封的记忆一下涌了上来。过后不久，这位朋友专程给我送来了两只烟斗、烟丝等，并给我讲述了一些关于抽烟斗的知识，得闲我又上网了解了一些关于烟斗的文化。我特别欣赏这样的描述：闲适时，装上一斗，既可沉思冥想片刻，思考大小问题，也可寻求不同形式的芳香撞击而起的惊喜；心神烦乱时，装上一斗，细抽慢品，调整呼吸韵律，以求达到人斗合一的境界，烦扰之事一扫而空。烟斗是禅，是瑜伽，是沙漠中的绿洲，是疲惫游子的家。我突然理解了处于那个年代生存空间的父亲对烟斗的嗜好。

扁担是劳动工具，烟斗是吸烟用具，二者并无关联。但是，我想：

父亲在用扁担挑起家庭重担的同时，利用劳作的间隙抽上一口烟斗缓解一下疲惫的心情，是精神的慰藉，也是享受生活的情趣吧。

一代人有一代人的追求和担当，我父亲和周志刚那一代人，为国家勇于奉献，不惜流血流汗，为小家吃苦耐劳，含辛茹苦撑起家庭的重担。这正是中华民族的精神脊梁。

（作者单位：江苏省江阴市明华特种铸造厂）

远去的那碗阳春面

（袁文龙）

对于美食，一代人有一代人的记忆。如今江苏常熟年轻人点赞的是松树蕈油面和各色炒浇面，而老常熟们深深怀念的却是那碗再普通不过的阳春面。

阳春面其实只是光面的雅称。改革开放前，人们的经济收入普遍

常熟阳春面

低，加之又是实行粮食定量供应，因此平时能进面馆吃面，对于平民百姓来讲，无疑已属奢侈，算是很有面子的事了。面馆对待顾客做到了一视同仁，吃阳春面和吃浇头面的皆自由就位，往往同桌而食。堂倌（即服务员）传唤或端面上桌时，以同样的声调报面名："大肉面""阳春面""爆鳝面"……阳春面虽是光面，但经堂倌吆喝，同样朗朗上口，使吃不起浇头面只能吃光面的顾客，少了几分同桌间的攀比和可能引起的失落感，反而有了点儿"吃阳春面是个人所好"的自信。在每个顾客都受到尊重的氛围中吃光面，这种精神上的愉悦，往往更能催生味蕾的敏锐和食欲的旺盛。

吃面当然不是吃氛围，尤其是在那个粮食计划供应的时代，最主要的首先是吃饱，然后是吃好。阳春面当时是8分钱一碗收2两粮票，在面类消费中属平民快餐，但面馆却绝不马虎对待，和价钱贵上一倍的浇头面同样认真烹制，一丝不苟。先说汤，苏南人吃面，讲究的是汤，这也正是人们上面馆吃阳春面的理由。"唱戏的腔，厨房的汤"，汤，是阳春面的灵魂。记得20世纪五六十年代的同丰面馆，吃面的人之所以越来越多，倒并不是因为占得县城街道十字交叉处的好市口，实在是顾客们被这家面馆调制的高汤所吸引，慕名而来。这家面馆的汤有白汤、红汤，都是用肉骨、鳝骨、虾脑、鸡鸭壳子和螺蛳肉等鲜料吊出来的。吊汤是件功夫活，极显厨师的功底。火大了，汤色发浑；火小了，鲜香味出不来，非得那汤锅里的串串泡泡如清泉相吐，又不能任汤水"笃笃煎"地翻滚，这样慢悠悠地煮上五六个小时，方能吊出一锅清而鲜的原汤。因此，面馆6点钟开市，吊汤师傅其实半夜就得起身上班，起火、加料、撇沫、调味、滤渣……"细磨细相"地熬制到天明，方算大功告成，这样吊出来的汤入口鲜爽，蕴含食材本味，而且吃过后嘴不干，全无鸡精、味精什么调出来的那种呆板味。所以有经验的老吃客，总是"听戏先听腔，吃面先呷汤"，一口好汤入嘴，在舌尖上打个滚，顿引味蕾兴奋，胃口大开，顷刻就将一碗面连汤带水吃个精光。

如果说汤是阳春面的灵魂，那么面自然就是灵魂依附的肉体了。常熟面馆里的面条大多是细面和小阔面，有些面馆还有专门加工面条的工厂，为的是保证质量（生面轧成后，不宜存放时间太长）和保持好的口感。再说下面，看似简单却也大有诀窍。面馆里下面的锅很大，投锅煮面时水大且透足。下面师傅耳听大堂服务员响堂报出的"什么面几碗""什么面几碗"，顺手就能抓准所需分量的面条投入锅中，少投勤捞，保持水清。因此，锅子上方装有水龙头（无自来水时，灶台上置一桶清水，随时用广勺取用），潺潺流水不断，随时让锅面上的腻头溢出除去。面入锅中，在沸水中"涌"一下，加冷水，再"涌"一下，师傅即用长筷、竹笊篱捞拨成形，熟练地朝空中"掼两掼"。这"两掼"一是将面条卷紧，使之整齐划一，团而不拧；二是洒落面汤水，不让面汤水冲淡了碗中高汤的原味。所有操作，全为顾客口感考虑。此时，面条放入汤中（配制好的高汤始终放在锅中热着，面条下锅后才舀出放入碗中），热面热汤的阳春面端到顾客面前时，只见雪白的面条整齐摆放在中央，视之如鲫鱼背，翡翠色的葱花蒜叶撒在面条上或漂浮在汤水中。这一青一白的色泽，光看也会让人垂涎，更别提"哧溜"一声吸入口中的软滑之感了。其实，吃阳春面也有讲究，老吃客总是先挑松面，让面吸足汤水，然后呷汤品味再吃面，而且吃面最好能在五分钟内吃完，这样才是原汁原味，如果吃吃停停，面条吸汤过多就走味了。

走进宽敞明亮的店堂，在摆放有序的老八仙桌旁，自由找个座位坐下来，马上有堂倌前来询问吃什么面。当你道出吃阳春面时，堂倌热情依旧，绝无因不吃浇头面而有所轻视怠慢，对你提出的宽汤、硬面、重青之类的要求也一一点头答应，然后对着后堂大声地一口气报出同桌顾客不同的面名，这种吆喝听着让人舒服。在这样的环境、这样的氛围中吃一碗原汁原味的阳春面，自然觉得浑身阳春、通体惬意。最后心满意足地到店门口柜台上算账付钱——吃一碗阳春面，既填饱了肚子，尝到了美味，又获得了精神上的愉悦与享受，这种吃阳春面的仪式感，也给那个时代难得上面馆的平民百姓留下了深刻的印象。旧时商家有很多不良习气应予摒弃，但就对吃阳春面者的待客之道，实在是很值得称道的。

（作者单位：江苏省作家协会）

我与连环画的故事

（李润生）

周末闲来无事，我翻箱整理以前的旧物，竟意外地发现了几本泛黄的连环画，这不禁勾起了我无尽的回忆……

连环画又称小人书，它以连续的图画叙述故事、刻画人物，辅之以文字说明注解，浅显易懂，是老少皆宜的通俗读物。记忆中的连环画是20世纪七八十年代图书市场的宠儿。在那个没有游戏机，没有电视，更没有互联网的年代，连环画成为我上小学那会儿除了课本之外，唯一拥有的课外读物，其他书籍是很少见的。

记得当时我看过的连环画既有《三国演义》《水浒传》《杨家将》《霍元甲》等套装本，也有《大闹天宫》《上甘岭》《鸡毛信》《小兵张嘎》等单册本。我特别崇拜小人书中塑造的英雄人物形象——邱少云、黄继光、董存瑞，看着这些英雄事迹，我心中也埋下了爱国的种子，那时我多么希望长大后跟他们一样厉害啊！做个为国家作贡献，做个侠肝义胆、顶天立地的大英雄。《李尔王》是我那时看过的第一本讲述外国人故事的连环画，古代不列颠国王李尔的悲惨遭遇，让我第一次认识了莎士比亚。小小的连环画对我进行着中外历史知识的普及，开阔了我的视野，熏陶了我的情操，让文学的种子在我的心中早早萌芽。

我念小学时，碰上考试成绩好，父母会额外奖赏我几枚钢镚，我不舍得买零食花掉，而是攒下来买连环画。我老家是地处庐山脚下、鄱阳湖边的一个偏僻小山村，离当时的乡镇所在地有十来里路，而为数不多的日用百货小商店都集中在镇上，买连环画只能去那儿。班车当然是不舍得坐的，连自行车也没有，走路是我唯一的选择。好在有连环画的诱惑，手中捏着的几毛钱也就蕴藏着无穷的力量，助我一路小跑赶往集镇。

到了镇上，我直奔出售连环画的那个玻璃柜台，当时每本连环画售价为1至3角钱，我"贪婪"的眼睛先是都看一遍，一番纠结比较之后，才会买下自己最心仪的那一本。然后，在返家的路上就迫不及待地打开翻看，兴奋喜悦之情溢于言表，往往返程路还未过半，一本小人书就已看完。

作者的樟木箱

我记得我老家宅子里有一个樟木箱，箱子是我父亲以前走村串户为群众看病后来废弃的旧药箱，我便留下来装我的连环画。当时里面装了有上百册，是我多年积累留存下来的"宝贝"，平时我都用一把小挂锁锁着，不让家里人碰它，喜欢得不行，有时也会搬出来，在大人和小孩面前炫耀一番。可是后来由于多次搬家，那宝贝疙瘩也不知丢哪去了，现在想来甚为遗憾。

　　如今书店里虽各种书籍丰富，老连环画却很少看到。每次去古旧书店闲逛，偶尔淘到一两本小人书时，我总会窃喜好一阵。

　　小小连环画，让我在阅读中找到了快乐。从儿童到少年，从中年到老年，能有小人书相伴，也是一种幸福。一个时代有一个时代的阅读方式，现在的各种书籍浩如烟海，互联网阅读更是成为寻常，那只需指尖一触，世界就呈现在眼前的多感官体验，可比当年步行十来里去镇上买书要幸福得多。但时代在发展，知识在更新，时光改变的只是阅读的形式，不变的是对知识同样的渴盼。

　　多年来，我一直保持阅读连环画的习惯，这就是我和一直陪伴着我的连环画的故事。

（作者单位：江西南昌师范学院）

夏日纳凉

（刘莉）

晚上停电，家里酷热难耐，就到小区院子里乘凉。小区里比平常热闹了许多，邻居们三三两两在聊天、散步，小孩子嘻嘻哈哈地在一旁追逐、打闹。爱热闹的李奶奶说："停电了，大家伙才都出来了，这样多好，多欢乐。不然一个个开着空调坐在家里，小区里一点都不热闹。"旁边有人接茬："想当年我在农村时，一到晚上，外面就像个菜市场一样，热闹不完了……"一语激起千层浪，大家纷纷议论开了，说起自己小时候的纳凉故事。

在我的记忆中，小时候的夏日纳凉是和大蒲扇、绿豆汤、冷水泡过的西瓜、痱子粉、凉床分不开的，还有看露天电影、捉萤火虫、听青蛙叫、数星星……

那时虽说家里已有了电风扇，可是远没有自然风凉快、舒服。于是，夏夜纳凉便成了整个家属区每天晚上的必修课。楼下的篮球场早早就被热心的邻居洒上水打扫干净，既降温又压尘土，正是乘凉的好去处。男女老少，这里一堆那里一伙。有人坐在凳子上，有人躺在竹床上，也有的把竹席摊在地上，供幼小的孩子坐或躺。谈谈天，说说地，笑声此起彼伏。大人的手里都拿着一把大蒲扇，既扇风又驱赶讨厌的蚊虫，扇子的拍打声此伏彼起，在夜色中传递。

"王阿姨，辛苦您帮我照看一下小宝，我们两口子上夜班去了。""好呢，放心吧，今晚小宝就和我家强强睡了。"骑着自行车去上夜班的夫妻俩放下孩子急匆匆地走了。

"张大爷，中午下暴雨，您帮我收的衣服还在您家里吧？""在呢，我正要回家再搬几张凳子来，顺道给你带来。"热心的张大爷放下两张给大家坐的凳子，又乐呵呵地回家了。

"吴姐，您儿子出差了。您的脚还没好，明天不用做饭，来我家吃饺子吧。"拄着拐杖出来的吴大娘看着迎上来扶她的邻居，感激地说："每次小伟出差都要麻烦你们，实在不好意思。""这有啥，就添双筷子的事！"

这样既熟悉又亲切的对话几乎每天都在上演。

星空下，凉风里，玩累的我们就躺在竹床或凉席上，抬头望着星空，无数或明或暗的星星像一颗颗银钉镶嵌在天幕上，星光神秘地忽闪着。听着刚发生的新闻，道听途说的趣闻，还有民间故事中的妖魔鬼怪、神仙精灵，一个个悄然走来。讲得是天花乱坠，听得是痴迷入神。讲到紧要处，胆小的我小便急了也憋着，与其说是不肯漏听，不如说是害怕去暗处。越是害怕越是要听，一直听得背上凉飕飕，偷偷地往身后瞧，树影里好像隐藏着什么，只要一走过去，就会一把抓住我……

"来电啦、来电啦"，路灯突然亮了，孩子们欢呼雀跃，大家又纷纷回家，开空调、开电脑、开电视，享受着平日里舒适宜人的生活。可在四季恒温的房间里，我却常常想回到小时候那闷热的、摇着蒲扇的夏天里去，感受着偶尔刮来的丝丝凉风、邻里之间温情小事带给我的满足感。相信每个人的记忆中,都珍藏着小时候的纳凉故事,那渐行渐远的记忆,依旧温暖着我们今天的生活。

(作者单位:湖南省衡阳市蒸湘区工商联)

永远的全家福

（陶鹏）

热播剧《人世间》，让人看着看着就忍不住潸然泪下。

喜欢这部剧，不仅仅是因为拜读过梁晓声先生的同名原著，更是以一个完全独立的视角，把自己置身于那个年代，从而带来一种直接的、炽热的感动，那是《人世间》所给予的一种享受、一次升华、一场涅槃。

《人世间》中，1969年，工人周志刚全家五口人在照相馆拍了一张全家福。他说，以后一家人再聚起来，难了。命运似乎印证了这句话，因为种种原因他们再也没有拍成全家福，留下无尽的遗憾。

我也想起了我家的全家福。

我大学毕业携笔从戎之后，来到南方海岛服役，每次休假都几番中转，历尽艰辛才能到达数千里之外的老家。

还记得入伍后第一年休假回家，我穿着海军笔挺的"马裤呢"冬装，肩膀上扛着黑色的学员牌，戴着洁白的大檐帽，穿着黝黑锃亮的皮鞋，显得特别精神，父母围着我着实高兴了好一阵。父亲提议说，去照张合影吧，孩子离得太远了，以后回来可不容易，拍个全家福放进相框,挂在家中客厅,留个念想。于是我们一家四口走进照相馆,留下了一张珍贵的全家福。

应该承认,我们家要比周志刚一家幸运得多。

后来,每隔几年,我就会轮到一次休探亲假的机会,回来后父亲都张罗着去拍全家福,为此我还特意把军装、大檐帽放进皮箱里,千里迢迢带回家。我知道,父亲嘴上不说,心里跟明镜似的,作为一名老兵,他更喜欢看我穿着军装跟家里人一起合影。于是,在我家并不宽敞的客厅里,同时悬挂着三张全家福。不变的是,这三张都是我们一家四口的合影,变化的是,我的军衔从学员到中尉,再到上尉,变化的还有父母日渐衰老的面庞。

后来,弟弟成了家,有了孩子,我也成了家,有了孩子。每次回去时,无论家庭成员有多少,拍摄一张全家福似乎成了家里的一个"保留节目"。就如同过年一样,大家伙兴高采烈地会集在照相馆,留下年轮的印记。那些年,我比任何时候都想回家,想留在父母身边,享受那份暖意和幸福。

2015年夏天,我们一家三口回老家看父母,拍下了我服役期间最后一张全家福。那张照片里,身穿洁白的海军夏常服、佩戴着海军上校肩章的我,站在父母身边,依旧像孩子一样,笔挺地站立着。大家都流露出发自内心的笑容,自然、恬静、温馨,把三代同堂最美好的瞬间,定格在这张珍贵的照片里。

而美好总是短暂的,直到我退役前,我们也再没机会拍摄全家福。

2020年年底,父亲突发脑出血,导致意识丧失,只能靠流食维持生命,艰难地跟命运抗争。2021年夏天,我只身北上回到老家探望父亲。他枯瘦的身体日渐萎缩,瞪大的眼睛没了光芒,似乎这个世界的一切,

| 第六章 | 时光任蹁跹 |

作者的全家福

都已经与他无关。母亲和弟弟一家尽心地伺候，不停地为父亲按摩、拍背、清洁、喂食、处理大小便。利用给父亲翻身的机会，我们把他弄到轮椅上，每天都要来回推上一会儿，或许这有助于他肌肉力量的保持。我提议请弟媳为我们一家四口再拍一张全家福，哪怕父亲没有感觉，也依然是家庭当中重要的成员。有他在，这个家就是完整的，我和弟弟就还有个"爸"可以叫。这是唯一没有去照相馆拍摄的全家福，也是最特殊的一张全家福。

《人世间》里，周母也曾突发脑出血，以植物人状态躺了两年多，这个不幸的女人在儿媳郑娟的照料下，竟然苏醒过来，尽管时而犯糊涂，但大部分的记忆得到恢复，能够与家人进行交流。正如周秉义所说，要感谢郑娟的付出，让子女还能有个"妈"叫着，这就是一种幸福。我多么希望,父亲也能有周母那样的运气,哪怕他失去记忆,只要能够醒来,也还是一个完整的家庭。

幸福的家庭家家相似,不幸的家庭各有不同。当我们拥有一个完整的家庭时,我们总是出现各种各样的想法,发着各种各样的脾气,在远离家乡的城市闯着自己的路。那时对所拥有的幸福,也许毫无感觉,或者不够珍惜,更不敢大胆地对家人表达爱。而一旦失去这些,我们甚至连表达的机会都不会再有了。

永远的全家福,是我的精神财富和前进动力。这样想来,其实包括我们在内,很多家庭都是《人世间》的主演,都在以不同的方式,演绎着人世间的悲欢离合。

我庆幸,家里那些老照片,那些挂在客厅的全家福,为岁月铭刻下满满的幸福和快乐,这一点我应该知足。如果说有遗憾,那就是在未来的日子,我无法陪伴父亲老去,无法再奢望拥有一张更新的全家福。

这就是人世间。泪水和遗憾,辛酸与烦恼,何尝不是生活的一部分,注定是每个人都要品尝和饮下的苦酒。人生一场,经历过后,才会遇见不一样的自己,这大概就是涅槃吧。

(作者单位:浙报集团融媒共享联盟海曙站)

奶奶腰间的竹箩筐

（王晶晶）

岁月变迁，不变的是被烟熏得微黄的、火房墙上挂着的竹箩筐。

鸡鸣声将清晨打破，大家都辛勤劳作去了。在这小乡村中，童年时，我守在爷爷身旁，看着爷爷用细长的竹条熟练地编织精美的竹箩筐。爷爷问我："你知道竹子还有别的叫法吗？竹子又叫不秋草，象征顽强的生命力。"我说："爷爷，那您就像竹子一样吗？"爷爷说："不，你奶奶才像，你看。"这时奶奶系着爷爷编织的竹箩筐，步行前往山上。

小时候，很多人问我："你奶奶在家吗？"我那时候还不懂，只知道好多人都认识奶奶。直到我长大些，爸妈告诉我，奶奶是"赤脚医生"。妈妈解释："奶奶会系着竹箩筐寻找各种草药，名声传遍周围的村子。在奶奶那个年代，交通不便，医疗条件不好，奶奶寻找的草药对村民很有帮助。"

太阳落山了，我看见奶奶带着竹箩筐满载而归。疲惫不堪的奶奶，着急地扒拉了几口饭，又拿上竹箩筐匆匆地走了。我赶紧小跑跟上，伴随着手电筒的昏暗光亮，我们来到了王婆婆家。

原来王婆婆家怀孕的儿媳妇想吃河螺，王婆婆独自带上竹箩筐，到河边拾螺去了。她在一块湿滑的石头上摔了，扭伤了脚，幸好被过路的行人背了回来。奶奶赶紧查看了王婆婆的伤势，把草药剁碎，再用烧热的芭蕉叶包裹着草药，敷在王婆婆红肿的脚上。

奶奶腰间的竹箩筐，不仅有草药，还有别样的惊喜。"你奶奶的竹箩筐好像百宝箱，什么都有。"村里的小伙伴们总是这么说。香甜的野果、受伤的小鸟、会飞的竹蜻蜓、美丽的野花……这小小的竹箩筐中都有。每天我都盼着奶奶带着竹箩筐归来，渐渐地，我发现草药少了，但惊喜从不缺席。

长大后，竹箩筐渐渐淡出我的生活。由于学业繁忙，我回家的时间少了。有一次我回家，奶奶对我说："吃饱了去看看竹箩筐里又放了什么，你好久没来奶奶这里了。"一瞬间我热泪盈眶，陪伴我长大的竹箩筐，我怎么能忘记呢？

村子里公路建好了，开了一家小诊所。奶奶竹箩筐中的草药更少了。后来，奶奶腰间系的竹箩筐也放下了。

竹箩筐挂在墙上，装满了奶奶的故事。看到它，我就想起奶奶对我的疼爱，想起奶奶乐于助人的品质。竹箩筐也见证了农村医疗条件的改善和山乡的巨大变化。

【作者系华中师范大学琼中附属中学高二（8）班学生；

指导教师：李国贵】

一条棉花被

（王春艳）

最近，天气晴好，我将宿舍里盖着的棉花被抱出来晒太阳。我想起了母亲，想起了她曾经说过的话："我最喜欢盖棉花被，有重量，踏实。"

1999年，我出生在江苏省盐城市射阳县的一个小村庄，家里并不富裕。父亲是工人，平常都在外面打工。记得有一次父亲去外地，家里就剩了20元的生活费，是母亲一个人种着十几亩的棉花，贴补家用。

当地家家户户都种棉花。"种植棉花是最累人的。"即使现在，母亲还不停地感慨。在播种季节，邻居都是一起帮忙，我也会在周末的时候，带着小板凳一块去田里播种。到了收获季节，棉枝上结满了桃子般的棉桃，压得棉枝弯下腰，微风一吹，沉甸甸地上下摆动。这时候，母亲一个人就忙不过来了，她跟我商量一起摘棉花。为了提高我的积极性，她和我说，摘的棉花按斤算，可换零花钱，多劳多得。

白天，我们把棉桃摘回来；晚上，一家人围成一圈，抠棉桃。有的烂棉桃，母亲也舍不得扔，都是自己一颗一颗地抠好。一季棉花种下来，可以看到母亲的手上满是皲裂的口子。

作者母亲做的棉花被

2021年，我大学毕业来到江苏省泰州市泰兴市古溪镇工作。临行前，母亲忙着为我收拾行李。她把家里刚做好的棉花被，叠好塞进行李箱，一边装一边念叨："一个人在外上班，要照顾好自己，做事要勤快、踏实，不要忘'本'。"在单位的宿舍里，我盖着母亲一针一线缝的棉花被，心里十分想家。

我想母亲口中的"本"也许是本分，母亲靠着自己的一双手种植十几亩农田，在如花似玉的年纪，承担起家庭的责任，无怨无悔；我想母亲口中的"本"也许是勤劳，母亲一向勤劳，不管是家里家外，她都收拾得很干净，每天早早地出门去田里干活，天没亮就做早饭，好让我吃完按时上学；我想母亲口中的"本"也许是友善，到了收获的季节，邻居互帮互助，和睦相处已成风尚。我时刻不敢忘记母亲的叮嘱，力所能及地做好工作中的每一件小事，努力成为像母亲一样勤劳、善良、有担当的人。

现在，随着农业科技的发展和生产方式的变革，老家的农田大多被种田大户承包下来了。我们家也只有一亩多田自己种。而母亲的棉花被，一直都在，也会伴随着我一路前行，不断地给我支持和力量。

（作者单位：江苏省泰州市泰兴市古溪镇党群工作局）

父亲的《新华字典》

（向舒文）

我的父亲有一本《新华字典》，出版于1971年。它看上去有些陈旧，封面也已破损，但父亲却格外珍惜，一直保存着它。父亲说，这本字典就像他学习上的"老朋友"，引领他前行，帮助他成长，已陪伴他

作者父亲收藏的《新华字典》（1971年修订重排本）

走过了50年的岁月。

父亲出生于1955年,从小生活在农村,初中毕业后,他作为回乡青年,各方面表现优异,被招去了城里工作。这本《新华字典》正是他在参加工作后为自己买的第一件物品。

那时,父亲在浙江省无线通信局从事微波通信工作。他说,在那个年代,起码要做3年的学徒工后才能慢慢进入到正式的工作岗位,要想干得好,就得有过硬的知识和技能。父亲深知自己的初中文化水平远远不够,必须要不断学习。于是,《新华字典》就成了他的"启蒙老师",一个个从陌生到熟悉的汉字,"领"着他获得了新的知识,了解了新的事物,认识了新的自己。

与此同时,父亲也特别珍惜单位组织的培训和学习机会。父亲说,一次次的参观学习开阔了他的视野,一次次的岗位培训增进了他的技能,这些都是宝贵的财富,让他能够在岗位上持续发光发热。

作者父亲(前排右一)和同事在韶山毛泽东故居合影

我家的"人世间"故事

当时，父亲所在的国防通信站是一座微波中继站，建于20世纪70年代。父亲回忆说，通信站使用的微波模拟通信是当时最先进的技术。因为工作原因，父亲回家的时间非常少。在我儿时的记忆里，有好多个春节父亲都没能回家和我们一起吃年夜饭。父亲工作的主机房在山顶，打雷时风险很高，一旦雷击烧坏了晶体管，需要逐个排查才能找到，非常艰辛。要是遇上大雪天气，山顶的积雪深，父亲交接班从宿舍到主机房需要徒步上山，路上特别危险。就这样，父亲和同事们三十年如一日，在平凡的岗位上默默坚守、无私奉献。

因为工作环境较为封闭，工作之余父亲就会拿起书和报，带上他的《新华字典》进行学习和思考，为自己打开一扇向外探索的窗。

后来，父亲被调往其他岗位，虽然生活环境和工作状态都发生了变化，但他依然习惯携带这本心爱的《新华字典》。已步入中年的父亲，说起那时最得意的一件事，竟是顺利考出了电工证，丝毫不输年轻人。

作者父亲曾被评为先进生产（工作）者

父亲继续在工作岗位上奉献光和热，直到退休。

2005年我上了大学，父亲送给我人生中的第一部手机。有一天，我收到了一条短信，竟是父亲发来的。我非常诧异，因为父亲拼音基础薄弱，平日里几乎从不打字。后来我才知道，这是父亲戴着老花眼镜一边翻《新华字典》查拼音，一边打字给我发的信息："好好学习，注意身体。"对我来说，这是满屏的动力，更是满屏的感动。

退休后，父亲也没有闲着，"活到老、学到老"，除了保持每天学习的良好习惯，他还当上了小区里的楼道长，时常会去社区做志愿者，做一些力所能及的事。时至今日，我的母亲仍会笑着对我说："你刚出生的时候，为了给你取个好名字，你爸爸差点把《新华字典》都翻破喽！"最终，父亲看中了"舒文"二字，是希望我做一个从容且善学习、有涵养的人吧。

父亲的《新华字典》所承载的是一种努力学习、积极进取的精神，它已深深扎根在我们的心底，形成了我们的家风，也将引领我们继续创造属于自己的未来。

（作者单位：浙江省杭州市钱塘区白杨街道伊萨卡社区）

母亲的花样书包

（龚愿琴）

我家的抽屉里珍藏着一件比我年龄还要大的"宝贝"，那就是母亲的花样书包。

花样书包不是用来装书的，是用来储存绣花花样、绣花线和绣花针的工具包。母亲是绣花能手，绣出的枕头花、鞋帽花、肚兜花等花样，在十里八乡都是数一数二的佳品。

半个多世纪以前，用来装花样的花样书包一般是用纸折成的，外面用棉布做成，里面有很多大大小小的口袋，储物功能非常强大，适用于装针线、花样这些生活小物件，随身携带很方便，因此深受妇女们的喜爱。

母亲的这个花样书包是父亲做的。当时父亲用厚一点的白纸折了花样书包上面的两层，还用彩笔画了些五颜六色的花草和蝴蝶，但底下两层需要更厚实和牢固的纸张，他却一直没有找到。一天，父亲偶然发现装水泥的袋子是用牛皮纸做的，这种牛皮纸韧性非常好，是做花样书包的好材料。于是，父亲到处收集别人废弃的水泥袋子，拿回来整理干净，经过裁、剪、折、粘、拼等多道工序，终于完成了整个花样书包的折纸部分。其中，在花样书包第三层的空白处，父亲还提起毛笔，写上了"移风易俗，破旧立新"8个字。

儿时的我，常常站在母亲身边，翻看这个藏着无穷趣味的花样书包。哪个口袋里藏着细小的针，哪个口袋里装着五彩的线，哪个口袋里装着报纸剪成的鞋样，哪个口袋里装着漂亮的绣品……我沉迷在收纳物件带来的快乐里，无法自拔。

如今，父母都早已退休，我们也都成家立业。虽然母亲现在已不再绣花，但她偶尔还会拿起花样书包翻看。

在父母的指导下，我试图还原一个新的花样书包。如今做花样书包的各种材料都已唾手可得，也不用糨糊了，用的是更方便的专业手工胶。父亲当年用彩笔在花样书包上画花，我在此基础上又开拓创新，用贴纸、刺绣来装饰，并细分为十二生肖、二十四节气、三十六计等多个系列，使这些花样书包更具文化内涵。

母亲的花样书包是一个时代的共同记忆，留存在很多人的脑海里。我做的花样书包，则更多是一种传承、一种守望，也是向那个年代致敬，向父亲和母亲致敬，向千千万万勤劳智慧的劳动人民致敬！

（作者系湖北省鄂州市凤凰街道武昌大道416号岸芷汀兰小区居民）

一张老照片

（刘春华）

照片记录下了许多的美好瞬间。关于人生的第一张照片，我的记忆非常深刻。

20世纪70年代，有一年腊月，爸爸给我们姊妹五个一个承诺：过了正月十五，到正月十六踩百垄的时候（那时物资极度贫乏，交通不便，农村没地方玩，孩子们就去踩那一垄一垄的绿油油的麦子，叫踩百垄），带我们全家去县城看场电影，逛逛百货大楼。在当时，这项活动已算得上是最豪华的旅游了。

我天天和小朋友炫耀，我们全家过了正月十五要进城看电影，爬百货大楼了，惹得小朋友投来羡慕的目光。我们姊妹五个，整天算着过日子，熬过了一个白天，终于熬到晚上。第二天醒来，我们在墙上画条横线，日子过得真慢啊！

我们盼星星盼月亮，终于，正月十五到了。早晨起来后我们在墙上画上第15条横线。明天就要开启高级旅游行程了，我们要开一个会，规划行程的路线。

于是，正月十五打灯笼，我们灯笼也打得心不在焉，早早回家，听爸爸给我们开会，商量着如何进城。

爸爸首先给我们讲规矩。第一讲安全，我们进到县城不能左顾右盼，要紧跟在大人身边，听大人的话，不要跑丢了；第二，先去看电影；第三，爬百货大楼；第四，去饭店吃饭；第五，下午回家。

我们家只有一辆老旧的自行车。那个年代，有辆自行车算是生活比较殷实的人家。父亲是人民教师，买了一辆二手的自行车。因为父亲在外村教学，这是他唯一的交通工具。父亲每周回到家，不是修链子就是修铃铛，要么就是给车链子上油。这是我们村第一辆自行车，村里有什么急事儿，老人孩子看病等，都靠这辆自行车，这是最快的交通工具。这辆自行车给我们村立下了汗马功劳。这次进城也肩负着重要的通勤任务。

我们兵分两路出发，一路自行车队，一路步行队。姥姥年纪大，妹妹和弟弟年纪小，爸爸骑自行车带他们，作为先遣队，先行进城，准备买票事宜。我和姐姐、哥哥由妈妈带着步行到县城电影院西门集合。当天晚上，爸爸在自行车后座上又绑了两条长长的木棍，以加长后座空间。到时姥姥和小妹会坐在后面，小弟会坐在前面横梁上。

我们激动得晚上都没有睡好觉，不停醒来问妈妈："天明了没有啊？"妈妈说："天明了会叫你们，赶紧睡吧。"我们熬了一夜，黎明时反而睡着了。

天还很黑，妈妈叫我们起床，我们一骨碌爬起来。

爸爸带着姥姥、弟弟、妹妹已消失在清晨中了，妈妈锁上门，带着我们仨，踩着村后面的麦子地，绕道去往县城。

天刚亮，我们绕近路到了宽敞平坦的公路，平时在家都是坑坑洼洼的泥土地，哪见过这么平坦的柏油路？于是我们像小鸟一样撒着欢儿一路奔跑。县城里车来车往，但最多的还是自行车，时而有大货车、小货车，小轿车可谓是十分少见。我们走在城市的大街上，抬头望，蓝天下偶尔有几个房子拔地而起，钻入云端，姐姐说那就是楼了。

看的是什么电影我们都忘了，最惦记的还是去爬百货大楼。我们找到楼梯，原来楼梯是这个样子的，整整齐齐，很有安全感，不像梯子悬空；爬梯子恐高，爬楼梯很踏实。从房子里边爬到楼梯的尽头，穿过一扇门，豁然开朗，就是第二层了，我们见到另一个大房间，才明白房间是这样"摞"上去的。房间里商品琳琅满目，每个柜台后面都站着个漂亮的售货员，柜台后面是货架子，柜台橱窗里摆放着各种商品。姑娘要花，小子要炮，姥姥要顶太太帽。综合考虑之后，爸爸说："姥姥劳苦功高，把你们几个带大，我们给姥姥买顶帽子。"我们也一致同意，姥姥戴着新帽子，非常高兴。

逛完商店，我们进了一家饭店，当时农村像我这样的小孩子连县城都没去过，更别提饭店了。

临走，爸爸知道姥姥喜欢照相，临时决定合影留念。于是就有了这

作者一家和姥姥的合影

2018年，作者一家在老家拍摄的全家福

张照片。

这是我有生以来第一次旅游，第一次见柏油路，第一次看电影，第一次爬楼梯，第一次进饭店，第一次照相……这么多的第一次，令我难以忘怀，这张照片我也一直珍藏着。

如今，我们家盖了大房子，出门就是柏油路，公路村村通，想去哪里旅游可以乘高铁、飞机、轮船等交通工具；照相不用去照相馆，手机随手就能拍。

如今，姥姥已经去世，父母到了姥姥当时的那个年纪，我家也已四世同堂，我们赡养老人如父母当年一样。我们一直传承着过往的家风：尊老爱幼，兄友弟恭，爱家爱天下。

（作者单位：中共山东省济南市历下区委党校）

外婆的藤箱

（章晓芳）

外婆有一只旧藤箱，我的二姨经常说起它。二姨说："那藤箱可大了，轻巧又结实，特别能装东西。"每次一家人出远门，藤箱就装满外婆和她四个儿女的衣服，还有长途要用的轻薄被褥。二姨还说，外婆年轻时力气很大，把那藤箱单手一提，就带着4个儿女，长途车转大轮船，到外公部队的家属大院探亲去了。

我听二姨这样说，很好奇，就去问外婆藤箱的事，外婆笑了："那是我和你外公订婚的时候，你外公送给我的礼物呢。"这藤箱有很多年

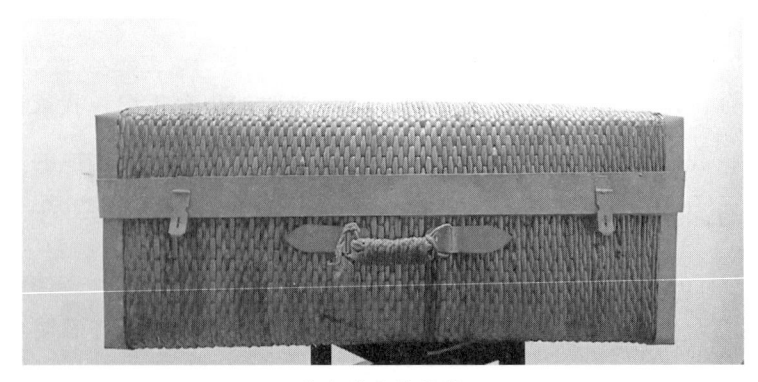

作者外婆的藤箱

历史了。我对它几乎没什么印象，却听过很多关于它的故事。

外公外婆刚结婚那会儿，外公几乎都在部队里，很少回来探亲，家里只有这只藤箱陪外婆。那时候家里穷，外公每个月寄回家的补贴只够买吃的。夏天的时候，藤箱里装着几件棉衣；到了冬天，箱子几乎空着。一年一年过去，外婆的3个女儿和小儿子相继出生，再加上经年累月的积存，箱子里才慢慢有了一些衣物、照片、信件之类的"重要东西"。

我问外婆，她年轻时的力气是不是像二姨说的那样大。外婆又笑着说："那时候能吃，也干惯了重活，力气是大。不过每次从辽宁大连去浙江宁波探望你外公，箱子再大也只是物件，我操心的是4个儿女呀。"外婆告诉我，每回带4个孩子探亲，她手里抱着最小的儿子，出门前就叮嘱老大和老二一定要揪住她的衣角，老大的另一只手一定要拉住老三。只有这样，外婆才可以腾出一只手来提箱子。

1975年的作者亲人合照

不过外婆也不止一次跟我强调，她这样"一拖四"出门，无论街坊邻居、轮船上的服务员，还是一同坐车坐轮船的陌生人，都会帮她拎箱子、抱孩子。"大家一路帮忙，没几天我们也就到了部队。"我想象外婆带着4个子女、提着藤箱去探亲的画面，想了很多次之后，这些画面居然渐渐清晰起来，好像成了自己看过的某部电视剧里的片段，有时我还会梦见。

母亲十四五岁的时候，外公从部队转业回来了，藤箱也就不再是长途跋涉的"主角"了。二姨说，有很长一段时间藤箱在外婆家空置着。有时，外婆会去擦一擦藤箱表面的灰，但大多数时间它就"横"在储藏室里。二姨是姐妹几个里最怀旧的，她经常会去储藏间看看藤箱。1982年，我出生了。我是外婆的大外孙女，那时家里条件也渐渐好了，我爸妈、姨和小舅，经常发了工资就给我带个小玩具，于是藤箱就被外婆拿来存我的玩具。再后来，我的表妹、表弟出生了，藤箱里的东西越来越丰富。那时候我们几个小孩白天都在外婆家，等着爸妈下班后来接我们。外婆说，每回她把藤箱从储藏间提出来、打开盖子的时候，我们几个小孩都特别开心。

我的小表弟刚结婚没多久，外公去世了。按外公遗愿，带储藏间的那套房子被卖掉了。最念旧的二姨带走了藤箱。外婆看不见藤箱，也就不会再"睹物思人"了吧，我们儿孙都这样想。外婆如今四世同堂，我和我的表妹表弟有时也会约好时间，大家带上自己的孩子们去外婆家聚一聚。当看到我们的儿女像我们小时候一样聚在一起玩时，外婆露出了无忧无虑的表情。

前两天，我去二姨家串门，聊起了这只藤箱，二姨说拿出来给我看看。藤箱被念旧的二姨擦拭得干干净净，我发现箱子的盖子和箱身一圈，有两个锁扣和提手的地方是金属的，这个细节之前没人提过。不久前，二姨夫还买了一点油漆，把这些金属配件重新刷上了草绿色的漆，二姨说这就是原来的颜色。我和二姨特地用卷尺量了一下这只藤箱，箱子长88厘米，宽48厘米，高36厘米。

我写这篇文章之前，又特意给87岁的外婆打了个电话，问她还记不记得这只藤箱。"怎么会忘记？这可是我和你外公订婚的时候，他送我的礼物啊！"

（作者系浙江省杭州市西湖区留下街道和家园南社区居民）

灯光

（陈怀德）

过春节的时候，我给儿子扎了两个大红灯笼，他开心得不得了。

小时候，我家条件不好，是看不到这种灯笼的。那时候，农村没有电灯，家家户户都用煤油灯。

有一次半夜，赶车去县城卖萝卜的父亲还没有回来。母亲一手提着马灯，一手牵着我，我们一起出门去迎父亲。村子里漆黑一片，从马灯里射出来小小的橘红色的光，实在照不了多远，只能勉强将四周的黑暗挤开一些，人一走过去，身后的黑暗又立马像潮水一样涌了回来。

天上挂着几颗星星，发出微弱的光。不知走了多远，对面也亮起灯光，像蚕豆大小，向我们慢慢地移动着，接着就听到车轱辘碾压在地面上的声音。

"爹？"我尝试着叫了一声。"我在这儿！"对面的人应了一声。我听出是父亲的声音，立刻甩开母亲的手，小跑着上前去，接过父亲手里提着的马灯。从那时起，我对灯产生了一种特殊的感情。我觉得，灯不但能发光，还能带给人间温暖。

我上小学后，父亲拿出全部积蓄，将老房子翻新，建成了红砖青瓦的三间屋子,每间屋子里都接上电,装上了电灯。每当夜幕降临,一盏一盏电灯就会在村子里接连亮起。电灯的灯光要比煤油灯明亮许多,照明的范围也更大。

我家有一只手电筒,一出门,我就急忙把上面红色的按钮轻轻一按,手电筒立刻射出一道长长的明亮的光。我对着天空胡乱比画几下,感觉自己像是孙悟空得到了金箍棒,一下子有了神奇的力量。

等我上了高中,全家搬到县城,住进了有暖气的新房子。客厅里装着漂亮的水晶灯,晚上一打开,照得整个屋子亮堂堂的。但我时不时就会想起手电筒射出的光……

母亲是一个闲不住的人。刚搬进城里没多久,她就在街边弄了一个烤地瓜炉。那年冬天的晚上,县城里下了入冬的第一场雪,我照例去街上寻她。还没走近她,我就看见她推着三轮车停在一处路灯下。天上的雪无声地落着,地上的白雪已经将三轮车围出了轮廓。母亲将两只手交叉着揣进衣袖里,一边跺脚,一边不紧不慢地吆喝着:"大地瓜,烤地瓜,又香又甜的地瓜。"

路灯发出温柔的光,像是在给雪织一件衣裳,将母亲停着车子的一块地方照亮,烤地瓜炉上升腾着一股带着甜味的热气,风一吹,就连绵不断、摇头晃脑地钻进雪夜的天空里去了。过了一会儿,她看见了我,笑了一下,立即招我过来,挑了一个又大又黄的地瓜,用纸包好,塞到我的手上:"吃吧!你小时候最喜欢吃。"我默默地接过来,轻轻地掰开,金黄色、软糯的地瓜瓤立刻就露了出来。我咬了一口,软绵甜腻,感觉整个冬天也跟着温暖起来。

就这样,父母靠着努力硬是把苦熬成了蜜,把日子过得热气腾腾。这种生活中的努力就像一道光,在我大学毕业、参加工作后,也一直照在我的人生路上，让我始终觉得，我的眼前有无限光明。

（作者单位：新疆生产建设兵团第三师图木舒克市纪委监委）

母亲和她的缝纫机

（余淑芳）

母亲家的客厅里，靠窗的位置摆放着一台缝纫机。这是一台西湖牌缝纫机，听母亲说是她22岁时买的，花了126元。在那个年代，母亲省吃俭用存下的钱购置的缝纫机，绝对是家庭的"大件"。

经历了50多个春秋，缝纫机像位饱经风霜的"老人"。机身上有些

西湖牌缝纫机（来源 / 杭州市淳安供稿中心）

地方黑漆已经掉了，露出了银光；压脚下的垫板上细细的纹路，像在无声地述说着光阴的故事；面板边缘，棱角早已被母亲的双手磨得光滑；皮带断裂处，留有母亲精心缝补的痕迹；机架的后部，外公用大红漆写的"一九六九年春月余吉云办"，依然鲜明。

这台缝纫机算得上是我家的老古董了，也是母亲对娘家的念想——母亲24岁那年，作为嫁妆的缝纫机陪着母亲来到了父亲家里，成了父亲家唯一的"大件"。

母亲嫁到父亲家后，成了村里的兼职裁缝，平时和大家一样干活，只在农忙空闲或过年时帮人缝制新衣裤。母亲常谦虚地说，她这位裁缝就是个"半瓶醋"，原因是当初母亲跟着一位师傅学手艺，也只是在帮师傅家干杂活的空当里得以在一旁偷学了两个月。后来，母亲自己买了几本裁缝书，靠着悟性和动手能力，在废旧报纸上，不断地画画剪剪，自学掌握了这门手艺，成了裁缝。

我觉得母亲天生就该是裁缝师傅，她不仅有灵巧的双手，还有肯钻研的精神。新款式的衣裤，只要有件样衣，她左看右看，琢磨一阵，就能模仿出来。

有件事至今依然清晰地"刻"在我的脑海里。那年腊月二十八，隔壁一个姐姐白天逛街看中了一件当时正流行的夹克衫，因为价格有点贵，不舍得买，可心里又放不下，就买了布让母亲帮她做一件。那几天，母亲白天忙着准备新年物品，晚上就加班制衣。我一觉醒来，母亲还在灯下"哒哒哒"踩着缝纫机。那个晚上，为了把夹克衫衣服下摆两侧的松紧带缝匀称，母亲缝了拆，拆了缝，最后是我和母亲拔河一样使劲拉着松紧带的两头，才完美收工。母亲看着那件夹克衫很满意，我抱怨地提醒她，做得那么辛苦，可以多收点加工费。母亲却笑笑说，做人怎么可以这样？能赶在大年三十之前做出来，让邻居穿上新衣服，开开心心过年，比啥都好！

有时，母亲还会自己设计服装，我和弟弟小时候穿的衣服裤子，都是她设计并一针一线缝制的，这不仅省下了一笔买成衣的钱，还让我们不必担心会跟别人撞衫。尤其是女孩子穿的衣服，母亲常会在衣领或口袋处加上小装饰，一朵绣花、一条花边，或是一颗纽扣，母亲总是会别出心裁。

空闲时间，村民们常会扯了布来我家找母亲做衣服。我坐在天井旁，一边看母亲给人量体裁衣，一边听大人们聊家长里短。认得几个字了，我就会帮忙记录衣长、袖长、肩宽、胸围之类的数字，偶尔也会学着缝裤脚边。待母亲制成了衣服，熨烫完毕，我会在第一时间跑腿，把还带着熨斗热气的新衣服送去主人家。

母亲就靠着这台缝纫机，一脚一脚地踩着踏板，一分一分地挣钱补贴家用。在母亲年复一年、一针一线的辛勤劳作中，我们家过上了幸福美满的生活。

后来，大家的生活条件好了，成衣厂越来越多，大家对手工缝纫的需求就渐渐少了。我们一家也离开家乡，搬到镇上居住了。母亲不再做裁缝，缝纫机偶尔在补补改改旧衣服时才会派上用场。

现在，这台西湖牌缝纫机就像我们家的一员，安静地待在客厅的窗前，默默陪伴着母亲，承载着母亲的念想，也承载着我们的念想。

（作者单位：浙江省杭州市淳安县农业农村局）

母亲的老花床

（郑宜良）

时光就像细沙，从指间悄然溜走。人的一生会经历太多的事情，那些忧伤和快乐的瞬间，随着时间迁移轻轻地逝去。然而总有那么一些人、一些事留在我们的脑海里，在记忆的深处历久弥新。

母亲心灵手巧，性格坚毅，平日吃苦耐劳。从嫁到农村开始，母亲学会了做各种家务活。家里每年都养几头猪几只羊，还有鸡鸭鹅。但仅有这些还难以维持一家十多口人的生计，也无法提供我们上学的学费。父亲曾经提出让姐姐们辍学在家织麻，可母亲坚决反对："孩子们不读书，将来怎么办，儿子女儿都不能亏待，女儿们可以白天上学，晚上做完作业再织麻。"在我的印象中，母亲通宵达旦卷姐姐们织好的麻，才勉强供我们兄弟姐妹上学。

记得小时候，母亲的老花床是没有床垫的。冬天，母亲会剪去稻草上面的穗梢，整整齐齐地铺在竹床板上，然后再铺上草席。钻进被窝里，我们便甜甜地进入梦乡。夏天，母亲会在床上铺上竹席。竹席是隔壁的篾匠用很薄的竹片编成的，既柔软又凉快。只是旧的篾片会裂开，会有针一样的竹刺。我记得小时候母亲总会用手在竹席上摸一遍，把竹刺拔掉，然后再把我们放上去睡，我们很少被竹刺扎过。倒是稍大的时候，和母亲分开睡后，我反而被竹刺扎过几次。

虽然和母亲分开睡了，但我有时还是很怀念母亲的老花床，不知道是因为床四周有架子拦着，不用担心会滚到床下，还是因为从小在这个床上长大，对它有着难以割舍的情结。

高中的时候，我在外面读书，就住到学校。除了寒暑假，我很少在家里住。寝室的床是两层的木床，我住在上铺，会害怕掉下去，所以晚上睡觉总是很小心，也会想起母亲的老花床。

那年寒假，我从学校回到家里。这时家里只剩下父亲和母亲两个人，哥哥在外面工作，姐姐也都已出嫁。我很自然地走到母亲的房间，不经意间发现母亲的床上没有了草席，铺的是床单；垫的也不再是稻草了，而是棉被，睡得舒服了很多。

作者母亲和她的老花床

在我参加工作的第十个年头，父亲因为生病离开了我们，母亲很是悲伤。在我印象中父母很少分开。父亲基本上不在外面过夜，我知道是父亲担心母亲一个人睡不着。

在家里陪母亲几天后，我们又各自回单位，家里便只剩下母亲一个人。虽然我们都希望母亲跟我们一块住，但母亲说："你们工作忙，我去了会给你们添麻烦，你们工作会不安心，我自己能照顾自己。"我们也没有勉强，我们知道母亲离不开这个家，离不开这张老花床。后来，我们给母亲添置了席梦思床垫，夏天床上也铺上了麻将席，这对有点驼背的母亲睡觉会有一些帮助。

现在母亲仍旧住在家里，我们周末或放假的时候会回家陪伴母亲。午休的时候，我们也会在那张老花床上休息一下。

不管什么时候，只要往那张床上一躺下，我都有一种回到小时候的感觉：妈妈还是年轻的妈妈，爱护着我们，尽最大努力支持着我们。而那张老花床，像一个安详的老人一样，静静伫立在那里，无声地看着我家的变迁。

（作者单位：江西省上饶市广丰区公安局）

记忆里的豆油面灯

（白利芳）

如今的元宵节，到处灯火辉煌，且不说将夜色渲染得如璀璨星空般的各种霓虹灯，且不说街道两旁树上挂着的精致挂件闪烁着光芒，光是小孩子手中造型奇异的灯笼，就让人目不暇接。

如今的灯笼，已不是传统意义上的灯笼了，LED灯代替了灯笼里的蜡烛，不怕风吹，不怕滴落蜡油，不怕蜡烛燃尽，安全耐用又有趣味。人们甚至可以将一串小灯缠绕在各种灯笼造型上，在夜色中打开灯，可爱的小兔、小猫以及花草虫鱼……在夜空中遨游、奔跑、飞翔。

我身边的小孙女，看到路旁小摊上摆着的花灯，摸摸这个，摸摸那个，爱不释手，就央求买一个。我也感觉那些花灯煞是可爱，就让她挑了一个。那是一个蝴蝶形状的灯笼，粉粉的，打开手柄上的开关，通体闪烁着五彩的光芒，两个翅膀竟然可以上下扇动，孩子开心地大叫："它飞起来喽！"

看着孩子飞奔的身影，是那样美好。不论在什么年代，童年都充满了无忧无虑的乐趣。

小孙女开心地跑了一会儿折回来，忽然问我："奶奶，你小时候过元宵节也有这样的灯笼吗？它们漂亮吗？有蝴蝶的吗？有小狗狗的吗？有没有芭比娃娃的呢？"我看着她稚嫩的笑脸，回答着她的问题，思绪回到了自己的小时候……

小时候，我们家住在山区，家家用的都是煤油灯，蜡烛虽也可用，但照明稍显奢侈，更别提拿来给孩子做灯笼玩了。我只记得，每年元宵节前夕，很多人家都会用发面蒸出各式各样的小灯盏代替灯笼，放在大门口的门墩上。晚上点起灯盏亮堂堂的，有一种暖暖的节日氛围。

制作面灯的材料就是普通的面粉。物资匮乏的年代，人们哪里舍得用纯白面做面灯，奶奶总会在白面里掺上一半的豆面，把一个个小面团，揉成碗状，做成小兔子，做成小狗，或者花的形状；然后，不管什么形状，都在上面用拇指压出一个洞，小心地将边上捏齐，不能有豁口的地方，放进笼屉里大火蒸熟；蒸熟的小灯盏（确切说这会儿它还是馒头）倒进去些豆油，放上根棉线捻子就是面灯了。

元宵节的晚上，孩子们捧着一盏盏小面灯，聚集在村口的麦场上，互相点评着彼此的面灯，谁的好看，谁的精巧，谁的火苗大，还要比谁的灯亮的时间最久。火苗映着一张张带着笑意的小脸，空气里散发着豆油火苗烤面灯的焦香味，孩子们吞咽着口水，将灯盏摆放成一圈，在旁边嬉戏。忽然有一盏灯熄了，灯的主人跑过去，捧在嘴边一口咬下去，香味四散开来，他自己哈着气，引得一场哄笑。过了一会儿，大家分别捧起自己的面灯，一小口一小口掰着品尝。

据说，点面灯的寓意是薪火相传，也有点灯避灾的意思。但我更喜欢奶奶的说法：点燃面灯放在门口，元宵节回家团圆的人走夜路时就有了亮光，就不会迷路，饿了还可以果腹。那时候，我甚至羡慕那些走夜路的人，这么香的灯盏，一路走一路吃，该多美啊！

"奶奶!你怎么不走了?"孩子的呼唤一下将我拉回到现实中。看着眼前灯火辉煌、祥和温馨的画面,我不禁感慨:夜行人,再也不会迷路了吧!

"走!回家,奶奶给你讲讲面灯的故事。"

(作者系河南省郑州市新密市作协会员、理事)

一个布钱包

（张永娟）

我的衣柜里，保存着一个布钱包。这个布钱包整体呈长方形，长约8厘米，宽不到5厘米，上面有一个三角形的布盖折下来，在尖端用暗扣扣住，以防里面的物品掉出来。这个钱包是用做衣服剩下的边角料制作而成的，但很结实耐用。这个布钱包是奶奶亲手缝好送给我的，当时的我也就十来岁，正在上小学。

由于我与妹妹仅相差一岁，妈妈照顾不过来，自我记事起，我便与奶奶住在一处，由此，我跟奶奶最亲了。

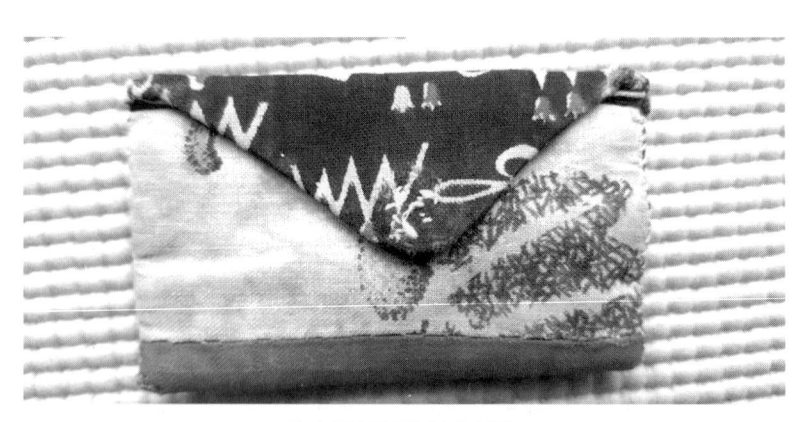

作者奶奶制作的布钱包

奶奶是个苦命人，自幼家贫，没有受教育的机会。她每日割草喂猪，烧火做饭，打理农田，一刻也不得闲。奶奶虽然没文化，但对我很照顾，我对奶奶的依恋和亲近是自然的。8岁上小学之前，我一直与奶奶生活在一起，吃在一处，住在一处，我享受着奶奶的呵护，在她的关心爱护下无忧无虑地生活。

记得小时候，有亲戚来看望奶奶，亲戚走后，奶奶总会把好吃的留给我，等我放学回家后吃。在我8岁那年，随着叔叔家新房的建成，奶奶也随叔叔去了新房，但她对我的爱依旧。奶奶也始终是我心中的牵挂。放学后，我总是先到奶奶那里，和奶奶说说话，奶奶则用她自己的方式表达着对我这个大孙子的爱。她会用布的边角料做些小钱包（尽管当时没钱可放）、小沙包、鸡毛毽等给我玩，或把好吃的东西（饼干等）给我留着，等我过去吃。

这么小的钱包能装什么呢？对当时十来岁的我来说，可以装零用钱，一角、两角，一元、两元，多的可能就装不下了。但对那个年代的小孩子来说，这已经足够了。

在之后的岁月里，我有过很多钱包，但这个布钱包，我一直珍藏至今，想来快40年了。奶奶早已经离开我，到了另一个世界。这个布钱包成了奶奶留给我的唯一物件。每当看到它，奶奶慈祥的样子又会浮现在我眼前。

随着科技的发展、社会的进步，移动支付走进了人们的生活，钱包的功能基本被手机代替了。人们付钱基本上不用钱包了，打开手机，扫一扫，支付就完成了。然而，我还是会把这个布钱包一直保存下去，永远永远……

（作者单位：中共山西省晋中市祁县县委宣传部）

凤去台空爱长存

（陈霄）

"辕门外三声炮如同雷震，天波府里走出来我保国臣。"惊闻豫剧大师马金凤离世的消息，悲痛之余，我的耳畔又响起她那明亮纯净、清甜圆润的唱腔，儿时和奶奶看戏听戏的一幕幕往事也浮现在眼前。

我出生于20世纪70年代初的豫东农村。那时村里还没有电视，电影也难得一看，听戏便成了乡亲们忙碌过后的最大享受。

我最常听的便是河南坠子和豫剧。

暮色四合，人们简单地扒拉几口饭后，便陆陆续续来到村中十字路口的空地上。月亮慢慢升起，男女老少或坐在马扎上，或坐在一块土坯上，或脱下一只布鞋席地而坐。鼓架上大鼓已安放好，鼓槌和呱嗒板（简板）静静地躺在鼓面上，一旁拉弦子的盲人乐师绑好了脚梆子，并开始"吱吱扭扭"调弦子；人们三三两两东家长西家短地闲聊着天，等候着开戏。

只听"咚、咚、咚"三声鼓响，说书人左手高擎打起简板，右手轻拈鼓槌，拖着亲切诙谐的方言，激情飞扬地开了戏。鼓声咚咚，简板声声，和着悠扬的弦子声时说时唱，起腔、平腔、送腔、尾腔，字正腔圆；三字崩、五字嵌、七字韵、滚口白，唱法多样。一开场，说书人就把人们拉进了一个个英雄传奇当中,听得人们如痴如醉、时喜时悲。

我最常听的曲目有《劈山救母》《狸猫换太子》《五虎平西》《回龙传》。但当时我并不能完全听懂,总是边听边向奶奶问这问那,奶奶耐心地给我讲解,让我明白了什么是"仁义礼智信,温良恭俭让,忠孝廉耻勇"。

大鼓书最早给了我传统文化滋养,也培养了我最朴素的家国情怀。

两人、一鼓、一简板、一脚梆、一把弦子,这便是全部的演员和道具,远没有豫剧大戏来得恢宏气派和热闹精彩!豫东一带是豫剧祥符调的发源地,豫剧在我们这一带尤其盛行。但在农村,大戏并不是经常有的,集镇和一些大的村子才会唱大戏,有时为了看戏我们常常要跑上10多里路。大戏有日场和夜场,往往会连唱3天,也就是所谓的好戏连台吧!

每逢大戏,爸爸就把架子车清扫干净,铺上席子,再放上一床被褥,掇上一条长凳,拉上奶奶去看戏。爸爸13岁的时候爷爷就去世了,坚强的奶奶含辛茹苦地把爸爸和姑姑拉扯大。奶奶吃了不少苦,爸爸对奶奶格外孝顺。十里八村但凡唱大戏,爸爸都会拉上奶奶去看戏,一场不落。

到了戏台前,我们寻一个合适的位置,把长凳放下,把车把平放在长凳上,爸爸坐在车把上压着车,我们就坐在架子车上看戏。冬日里的暖阳照着一家老小格外温暖。奶奶听得如痴如醉,时不时还会随着旋律吟唱几句经典的唱词。

对于大戏,当时的我听不懂多少,只是觉得好听好看。令我着迷的是那漂亮的脸谱、珠光宝气的戏服、顾盼生姿的眼神,尤其是凤冠后面那两个长长的灵动的雉鸡翎。我坐不住,便溜下架子车跑到戏台子跟前,和孩子们一起扒着戏台的前沿仰头痴痴地看。换幕时我们便会溜到后台,偷偷看演员们画脸卸妆下身段试刀枪。这时才发现刚刚台上的那

我家的"人世间"故事

红灯牌收音机

个好汉竟然是女扮男装！

　　看过了瘾，我便跑回去。这时奶奶便会偷偷塞给我一些零钱，这样我就可以买几粒糖豆或者几个花米团，津津有味地吃起来，沉浸在优美的旋律当中。

　　那时农村现场看大戏并不常有。后来爸爸卖了几麻袋余粮，给奶奶买了一台红灯牌收音机，奶奶便能天天听上戏了。从此，伴着晨曦暮霭，我家院子上空便飘荡起一出出豫剧唱段。耳濡目染，《红娘》《花木兰》《穆桂英挂帅》《花打朝》《秦雪梅》《唐知县审诰命》等剧目，我也耳熟能详。

　　豫剧给了我最初的艺术熏陶，看戏也让我感受到了浓浓的亲情。优美甜润的唱腔萦绕耳畔，丰富了我的童年生活；和谐动听的旋律魂牵梦萦，已成为我永恒的生命底色。

（作者单位：河南省开封市杞县第二高级中学）

那盏温暖的煤油灯

（徐张然）

父母走后，老家的房屋便无人居住，成了空房子。最近我回老家整理旧物件时，一盏煤油灯突然撞入了眼帘，虽然上面布满了灰尘，但瓶身却完好无损，它一下子将我的思绪拉回过往……

作者家的煤油灯

20世纪七八十年代的农村，家家户户都有一盏这样的煤油灯——瓶身下面是厚玻璃做的底座瓶，里面蓄放煤油；中间是灯架，架子上的灯芯是一根棉绒条做的，下端浸润在煤油里；最上端是透明的玻璃灯罩，也称罩子灯。别小看这个罩子，它的作用很大，不仅保护灯火不易被风吹灭，还可以节约煤油，更重要的是，能让煤油灯显得美观。

那时候，一家人就坐在这一盏煤油灯下，父亲做手工活，母亲做针线活，我们小孩读书写字，各忙各的。灯光照着全家人的脸，每个人脸上的表情都是那么生动，灯罩里面橘黄色的火光时不时调皮地跳跃一下，真是有趣，正如汪曾祺先生所言——"家人闲坐，灯火可亲"。

为了让灯光明亮，放学回家后母亲就让我们几个小孩将灯罩擦干净。灯罩清洁分为几步：我们先用蓬松的稻草伸进灯罩，将里面的油烟初步清除；然后用湿抹布擦去污垢；最后再用干抹布擦拭一遍。这样一来，灯罩看起来洁净如新，灯光也显得更加明亮了。

有时，灯用的时间过长，灯油消耗得很快，随着灯油的减少，灯光也就慢慢地暗淡下去。每每这时，父母总喜欢拿开灯罩，用筷子轻轻地拨一下里面的灯芯，只见灯芯"呲"的一声，继而又明亮起来了。

在那如豆的灯火下，父母也常常讲一些祖辈的家风家训及传统文化。父母虽只读过旧式私塾，思想却很开明，话语朴实却不乏智慧。他们常常引用一些先贤的言论来教导我们，让我们从中明白一些朴素而又深刻的道理，在物资匮乏的日子里汲取一些丰厚的精神养料。这些精神财富嵌入我们的生命和灵魂，犹如一盏盏明灯，照亮前行的路。

记得哥哥上大学报到前的一晚，那时我还在读小学，我和妹妹在灯下写作业，母亲为哥哥缝补衣物，这时哥哥大概是触景生情，给我们朗诵了一首诗："慈母手中线，游子身上衣。临行密密缝，意恐迟迟归。

谁言寸草心，报得三春晖。"我们懵懵懂懂地听着，母亲的眼里却闪着泪花……

如今，那些夜晚已成了遥远的记忆，煤油灯也早已远离了我们的生活。随着生活水平的提高，各种各样漂亮的灯饰出现在我们的家中，但是那盏温暖的煤油灯却一直留在我的记忆里，也一直照亮我的心灵深处……

（作者单位：安徽省怀宁县金拱镇中心学校）

春日杂忆

（张开兴）

人们常说，没有一个冬天不可逾越，没有一个春天不会来临。但我的母亲与病魔抗争了4年多后，却在春天的前夕，于这个正月，永远地离开了我们。

母亲走后的几日，我陪着父亲拾掇家里。路过她房间，总感觉她正如往常一样，卧躺床边。回首，却看不到熟悉的身影。

处理完家中杂事，返回工作岗位。疫情之下，采访写稿和家庭日常牵扯了太多的精力，但对母亲的思念却犹如那串线的鱼钩，一头紧紧钩进了我的心里，记忆里不经意的场景、熟悉的画面涌上心头，便会紧了线、痛了心。

一代人有一代人的使命。回顾母亲的一生，正是千千万万中国母亲的一个缩影。"60后"的她们，很多并没有上过多少学，在她们朴素的认知中，吃得今日苦，方享明日甜。识不了几个字的母亲，始终是这么想的。

与父亲组建小家时，潜山的这个小山村还在"沉睡"中，人们日出而作、日落而息，依旧土中刨食。家庭联产承包责任制实行后，解决了温饱，却鼓不起"腰包"。我和弟弟相继出生后，父亲欠着债垒起了新的砖瓦房，压力之下，父亲不得不跟着外出大军，去了苏州务工。奶奶起早贪黑做豆腐、卖豆腐，我和弟弟的日常，家里家外的活计，一下更多地落在了母亲的肩膀上。田里种稻谷，地里种杂粮，养猪养家禽，母亲从没叫过一声苦，牵挂着远行的父亲，期盼着家里的日子好起来。

白天地里活，晚上家里活，生活不富裕，日子更不轻松。我清楚地记得，昏黄的灯光下，不识字的母亲总会和刚识几个字的我，一字一句推敲着给父亲的每一封信，用最简单、最朴实的话，诉说家长里短，表达对远方亲人的思念、关心与叮嘱。30年过去，今日的我仍能一口报出当初父亲的通信地址。

写信的过程中，母亲总是告诫我们不读书后的难处。她以父亲他们务工为例劝勉我们：农村人，不读书，哪有出路；不读书，卖力气的生活就得吃苦。农活之余，河里捞虾，田边捉泥鳅，母亲穷尽一切办法，丰富我们的菜单，也让我们有更多的时间花在学习上。然而家中支出与日俱增，母亲不得不跟着父亲一起踏上打工路。

那个时候的老家，乡邻们多在张家港打工，没有一技傍身的父母，也只有加入了他们的行列。寒来暑往，没有退却的余步；星光点点，不缺流汗的身影。暑期短暂的团聚中，我和弟弟也曾跟着去体验过那个"生活"，炽热的阳光下，象征性的"劳动"已让我们难以承受，无法想象他们，又是怎样在这样的环境里积攒起家中日常开销和我们的学杂费用。

日子虽苦，但母亲始终深信，读书，总会让我们有出路，勤劳的双手，总会让日子越过越好。

熬过一年又一年，我和弟弟相继大学毕业，有了各自的工作，渐次奔波成家路。然而，万万没想到的是，生活的美好在招手，生活的不幸也在悄然而至。2017年夏，母亲被诊出患上肺癌。

配合治疗，带病生存，熬过5年就稳定了。带着一丝期盼，奔着一个目标，然而，病情的变化不以人的意志所定。2021年，母亲的身体状况差了起来，在生命的最后，难以忍受的疼痛让她不得不靠着一粒接一粒的止痛药……

命运总是不如人愿，但往往是在无数的痛苦中，在重重的矛盾和艰辛中，人才能成熟起来。

迎着春日暖阳，倾听春天风声，人生或许就是这样的轮回，一代代人接过上一辈的"接力棒"，走好当代人自己的路。

（作者系安徽省滁州市滁州日报社时政新闻部记者）

图书在版编目（CIP）数据

我家的"人世间"故事 / 中共中央宣传部"学习强国"学习平台编. — 成都：天地出版社，2023.6
ISBN 978-7-5455-7749-5

Ⅰ.①我… Ⅱ.①中… Ⅲ.①纪实文学–作品集–中国–当代 Ⅳ.①I25

中国国家版本馆CIP数据核字（2023）第084968号

WO JIA DE "RENSHIJIAN" GUSHI
我家的"人世间"故事

出 品 人	杨　政
编　者	中共中央宣传部"学习强国"学习平台
责任编辑	杨永龙　孙若琦
封面设计	大　伟
内文排版	挺有文化
责任印制	王学锋

出版发行	天地出版社
	（成都市锦江区三色路238号 邮政编码：610023）
	（北京市方庄芳群园3区3号 邮政编码：100078）
网　　址	http://www.tiandiph.com
电子邮箱	tianditg@163.com
经　　销	新华文轩出版传媒股份有限公司

印　　刷	北京文昌阁彩色印刷有限责任公司
版　　次	2023年6月第1版
印　　次	2023年6月第1次印刷
开　　本	710mm×1000mm 1/16
印　　张	21
字　　数	270千字
定　　价	48.00元
书　　号	ISBN 978-7-5455-7749-5

版权所有◆违者必究

咨询电话：（028）86361282（总编室）
购书热线：（010）67693207（营销中心）

如有印装错误，请与本社联系调换。